KB062999

수몰

수몰

김해권 장편소설

도화

차 례

　부를 추구하는 것은 인간의 기본적인 욕망인데, 고대,
중세, 현대를 바라보건데 부의 추구는 주로 토지 소유가 중
심이 되어 왔었다. 토지 소유의 욕망은 거의 무한대로 치닫
고 있었다. 그것을 위한 개인 대 개인의 분쟁은 끝이 없었
고, 일국의 최대 권력은 타국과의 전쟁을 불사했었다. 그
런 욕구는 무한한 나머지 환상을 통하여 낭만을 불러일으
키는 것이었다.

　하지만 욕구와 환상과 낭만의 내뻗침을 자연(또는 자연
법칙)은 그대로 두지 않는다. 욕망과 번성과 환상과 낭만
을 좌절시킨다. 「수몰水沒」의 한 주인공 '경성'에 해당하는
모델적 인물은 나의 친한 벗의 하나로 따로 존재하고 있지

만, 다른 하나의 모델 PJG도 나의 벗이었는데, 갑부의 아들로서 토지 매각으로 더 큰 부를 꿈꾸었고 '버스'사업의 결과 망해 버렸다. 그 PJG의 가족은 뿔뿔이 헤어졌고, 그 패망자 부자는 친딸(누나)에게 찾아가 몸을 의탁했다. 그러나 얼마 되지 않아 패망자 1세(아버지)는 대학 강사와 일종의 정략 결혼시킨 그 친딸과 사위에게 좀 오래 몸을 의탁하지 못하고 쫓겨나게 되었다. 부자일 때 딱한 사정이 있는 자에게 냉정하기만 했던 그들은 리어왕에 못지 않는 가련한 신세가 되어, 무참히 발길질 당하고 짓밟히고 버림받고 배신당한 것이다.

아들 PJG는 내가 젊은 한때 때 나의 집에 몸을 의탁하여 저녁 식사와 잠자리를 얻게 되었다.

그러나 오래 가지는 못 했다. 나의 모는 친엄마가 아닌 점, 나는 나의 고교 시절 이전과는 달리 스스로 몸과 마음을 가누지 못하고 눈밖에 난 점 때문에, 눈치를 보며 오래 묵게 할 수가 없었다. 그래서 타일러 오지 못하게 했다. 그때 나는 마음이 좀 언짢았다.

그러나 알고 보니 PJG는 다른 친구들에게도 받아들여지지 못했다. "왜 젊은 놈이 노가다(육체적 노동)라도 하지 않고 남을 곤란하게 만드냐"는 불평을 내게 들려주는 것이었다. 그러나 더 알고 보니(이미 쓴 대로) PJG는 그의 부친과 함께 친딸에게 무참히 따돌려지고 짓밟히고 배신당한 것이었다. 나는 깜짝 놀라고 말았다.

그 후 초등교 동창회를 했는데 PJG는 행방불명이었다. 내가 추측하기에는 아무래도 그 친구는 사망한 것 같았다.

토지 소유를 통한 무한한 욕망 추구와 소유욕을 넘어서 번성과 영화를 내포한 환상과 낭만의 추구는 자연(또는 자연법칙)이 그대로 두지 않는다고 했다. 남는 것은 '덧없음' 즉 '무상'이다.

이 「수몰」은 패망을 겪는 이들의 변화와 추이가 어느 정도 지루함 아닌 지루함이 느껴질지도 모르겠다. 하지만 '유치장의 바닥 면적과 철창', '미친 네로 황제와 나의 것'과 '수몰'이라는 뒷부분을 잘 읽어도 내용의 전말과 테마를 유추해 볼 수 있으므로 그 부분을 신경 써서 읽으시면 좋겠다.

수몰

동변의
사과밭과 강물

그해 그날 아침 동변東邊의 강물은 맑고 푸르고 신선했다. 아무도 몇십 년 후에 오염되고 다시 정화될 것이라는 것을 예측하지 못했다.

휴전협정이 행해진 후 상당한 햇수가 흐른 후 그해 4월 중순인 어느날 그들은 서울에서 밤 열차를 타고 내려와서 아침에 T시에 내렸다.

여기서 그들이란 초등학생 김향우와 그의 어머니 정영연과 오경운이었다. 오경운은 서울 용산 산동네에서 향우네 뒷집에 살고 있었다.

서울 용산에서 어렵게 생계를 꾸려오던 향우의 아버지

김하운은 그해 2월에 건설회사 선진산업에 취직이 된 것
이었다. 그 2월부터 T시의 동변강에서 낡은 다리 A교 옆
에서 새로운 A교 다리를 건설하게 되었다. 총무과장인 하
운은 2월에 홀몸으로 내려왔다가 공사 현장에서 워낙 경황
없이 바빴기 때문에 오경운을 시켜 하운의 두 식구를 데려
오도록 한 것이었다.

그들은 T역전에서 털털거리는 시내 버스를 탔다. 35분
이나 걸려서 버스는 동변강에 이르렀다. 구A교를 건널 때
향우는 창 밖을 내다보았다. 구A교 옆에 벌써 교각이 세 개
나 세워져 있었다. 공사장에서 서쪽으로 조금 떨어진 지점
에서 사람들이 얕고 빠른 물살에서 하는 낚시를 즐기고 있
었다.

그들이 바라본 동변 강물은 더 할 바 없이 맑고 푸르렀
다. 리(이)승만 정권의 독선과는 다르게, 그 정권의 부패
가 만연된 것과는 딴판으로 강은 스스로 청정을 지키고 있
었다.

동변이란 T시를 중심으로 해서 동쪽 가장자리의 마을이
라 해서 예로부터 붙여진 이름이었다. 서쪽 가장자리에 있

는 마을이라고 해서 역시 예로부터 붙여진 서변이라는 것
도 있었다. 동변은 면面의 면적만한, 강과 산을 따라 비교
적 길쭉한 땅이었다.

그들은 강을 건너서 강둑의 초입인 동변 입구에 내렸다.
강둑은 멀도록 뻗혀져 있었다. 그리고 강둑을 접하여 국도
인 비포장 도로가 뻗혀져 있었다. 강둑에 접하여 있는 가
옥은 없이 강둑과 도로는 멀도록 평행선을 긋고 있었다.
국도의 왼쪽(북서쪽)에는 사과 과수원이 넓고도 길게 이
어져 있었다.

둑과 길을 따라 멀리 아스라한 지평으로 아지랑이가 너
울대고 있었다. 그 광경을 바라보는 향우는 어지럽게, 나른
하게 취해 가는 듯만 싶었다.

향우의 시야를 가득 채우듯이 사과 과수원은 거의 동변
전체를 차지하고 있었다. 사과나무는 하얀 사과꽃을 피우
고 있었다. 사과꽃 향기가 과수원 울타리를 넘어와서 길 위
에 진동하고 있었다. 향우는 꿀벌처럼 더욱 취할 듯만 싶
었다. 향우는 굶주림만 없다면 사과꽃 피는 동변은, 그리
고 강물이라는 젖줄이 있는 동변은 지상 낙원이라는 첫인

상이 강하게 몸에 닿았다.

하얀 사과꽃 향기와 두터운 부피감의 아지랑이로 인해 취할 듯한 인상은 일생 동안 그의 기억에서 떠나가지 아니했다.

동변의 중심지는 입선1·2동, 검상1·2동, 반촌1동이었는데, 향우의 아버지가 근무하는 사무실은 입선동과 서쪽으로 경계를 이루는 지전동 강변에 있었다. 서울에서 수화물로 가져온 봇짐을 어머니가 지키고 경운과 향우가 사무실로 갔다. 하운은 사무실에 있었다. 향우가 인사를 했다. 하운은 2개월 만에 보는 향우를 반갑게 맞이했다. 경운은 사무실 옆에 놓여진 손수레를 끌고 하운을 포함한 세 사람은 버스 정류장으로 가서 짐을 손수레에 실었다. 그리고 거기서 멀지 않은 입선1동 셋집으로 가서 짐을 내려놓았다. 전기가 하루 24시간 내내 끊어짐 없이 들어오는, 소위 특선이 들어오는 두 개의 방이었다.

5월 초가 오도록 향우네는 향우의 전학 절차를 밟지 아니했다. 향우는 느긋하게 강과 둑과 공사장과 사과 과수원을 구경하면서 소일했다. 그것들이 싫증이 나면 '함바집'에 가서 주인 아들과 감나무의 큰 가지에 올라앉아서 놀았다. 할아버지 옛이야기 소리와 같은 강바람 소리가 들렸다. 초등학교 교사인 지 선생의 널찍한 집 한쪽이 '함바집'이었다. 그 '함바집'의 감나무 위에서 내려다보이는 동변의 사과 과수원은 더욱더 널리 퍼져 있는 듯했고 풍요롭고, 하얀 사과꽃은 전설을 이야기하듯 속삭이고 있었다.

무서운 아이들

6월 중순 금요일 오후였다. 향우는 양조장 집 민경성의 과수원 원두막에서 민경성과 또한 새로운 친구들과 함께 학교 숙제를 했다. 이날은 또한 민경성과 부잣집 친구들의 모임이 있는 날이기도 했다.

숙제를 마친 경성과 향우는 사과나무 밑을 거닐었다. 그러다가 경성은 북쪽으로 향하여 빠른 걸음을 했다. 향우도 그의 뒤를 따랐다. 경성네 과수원 북서쪽 끝은 별다른 울타리가 없고 낮은 측백나무가 과수원의 경계 역할을 했다. 경성은 측백나무를 타 넘고 서윤락 씨의 과수원으로 들어갔다. 향우도 따라 들어갔다. 경성의 아버지 민병소 씨와 서윤락 씨는 서로 절친한 친구였다.

조금 걸으니 지하로부터 물을 끌어 올리는 모터가 있었고 그 물이 흐르는 물길이 있었다. 그리고 초등학교 2년 선배로서 5학년인 서종희가 바지 다리를 둥둥 걷고 물속에 선 채 삽질을 하고 있었다. 서종희는 서윤락 씨의 장녀였다.

"종희 누나야, 니 지금 뭐 하고 있나?"

경성이 가까이 다가가면서 말했다.

"경성이가? 자꾸만 약한 둑이 무너져서 토마토밭으로 가는 강물이 새어나간다 아이가? 약한 둑이 있는 곳을 골라서 공사를 해야제."

"여자가 무슨 삽질이고? 삽 이리 도고."

경성은 삽을 빼앗아서 둑의 한 지점에 흙을 얹었다. 잠시 삽질이 계속되었다.

"나도 한번 해 보고 싶은데. 삽 이리 줘."

이번에는 향우가 삽을 빼앗아서 삽질을 했다. 종희가 물속에서 나왔다.

"경성아, 니 와 자꾸 내 다리를 훔쳐보노?"

"아무것도 아니다. 니가 우리보다 두 살 더 많으니 다리에 털 났는지 한번 보는기다."

"이 자식아야, 여자가 무슨 털이 나노?"

"털은 안 났지만 그러고 보니 니 다리는 별로 희지도 않고 남자와 똑같은 것 같다. 몸 전체가 남자하고 똑같다. 얼굴만 여자다. 한번 뽀뽀해 줄까?"

"이 자식아야, 머리에 소똥도 안 벗겨진 아가 뭐라꼬?"

"와 카노? 아부지가 갖고 계시는 여자 나체 사진 때문에 내 머리는 인제 소똥 벗겨졌다. 니 머리는 소똥이 안 벗겨졌다. 그라고 내 키가 니 키보다 쪼매 더 크다. 동생이라고 생각하지 말라 카이. 우리는 작은 애인이라고 내가 말하지 않았나?"

"뭐라꼬?"

삽질을 하며 둘의 대화를 경청하고 있던 향우는 킥킥거리고 있었다.

"부자끼리 같이 놀아야제. 우리 엄마도 아부지보다 두 살 더 많다."

"이 자식아가 몬하는 말이 없네."

"남자는 모름지기 씩씩해야 하는기라. 니 와 여자가 됐 노? 동해 물과 백두산이 마르고 닳도록, 같은 값에 아들 낳 지 말라꼬(뭐 하려고) 딸 낳노?"

"남자 좋은 것 하나도 없대이. 커서 다리에 털 나고, 군 대에 가야 하고……"

그때 서종희의 남동생 서종규가 그들에게 왔다. 종규는 경성이보다 한 살 연하인 초등학교 2학년이었다.

"어이, 꼬마 종규야, 오늘 저녁 우리 모임이 있다. 느그 집도 동변 4대 갑부이니끼네 우리 모임에 끼워준다. 지금 같이 가자."

"그래, 좋아. 숙제할 책, 공책 가지고 올께."

경성은 향우와 책·공책을 가져온 종규를 데리고 측백나 무 경계를 타넘고 경성내 원두막으로 걸었다.

5월초에 이르러서야 향우에 대한 전학 수속이 끝났다. 동변국민(초등)학교 3학년 1반으로 배정되었다. 형우는 2 학년 봄방학을 제외하고 3학년 과정 1개월을 쉰 셈이었다. 당시의 학년 초는 4월이었다. 2학년말에 학교 예습으로서 산수 구구단을 외웠고 두 자리 이상의 곱셈을 배웠었다. 그 상태에서 동변학교 전입 직후 일제고사를 치렀다. 향우는 시험 전날 나눗셈 복습을 주위들었다. 다른 과목은 향우 자신이 무엇을 아는 지도 몰랐다. 아득하고 막막했다. 그런 상태에서 일제고사를 치른 것이다. 향우는 시험지를 놓고 배우지 않은 것은 모두 두뇌로 해결했다. 그는 두 시간에 걸친 50문제 시험에서 3개를 틀린 94점을 땄다. 그 반의 원래 1등이었던 나창호의 90점을 2개 4점 차로 따돌리고 향우는 나창호와 함께 표창장을 받았다. 6월 초에 또 일제고사를 치렀다. 향우는 이번에는 96점을 따서 다시 90점을 딴 나창호를 6점 차로 따돌리고 확고한 1등임을 과시했다. 이렇게 되자 같은 반인 민경성은 향우에게 추파를 던지고 향우를 경성의 놀이 집단에 끌어들였다. 이렇게 하여 향우는 매일 민경성의 양조장 집에서 경성이 좋아하는 또래들과 함께 숙제를 하며, 그 또래들은 향우에게 모르는 것을 묻고 하며, 공부가 끝나면 그들은 함께 놀았다. 이날도 그들은 함께 모여 지내고 있는 중이었다.

원두막에 온 경성은 모일 아이들이 자신을 포함해서 8명 모두 다 온 것을 알았다. 3학년 2반인 진원기와 조상정도 와 있었다. 1반과 2반은 남학생 반이었고 3반은 여학생 반이었다.

경성은 원두막 한쪽에 놓아둔 빵 봉지를 열어서 아이들에게 빵 두 개씩을 나누어 주었다. 소보루빵이었다.

"요즈음 빵값은 음식점 밥만큼 비싸더라."

나창호가 말했다.

아이들은 빵을 달게 먹고 있었다.

경성이 콘센트에 플러그를 꽂아서 유성기를 작동시켰다. 유성기는 부잣집에서만 장만할 수 있는 귀하고 신기한 것이었다. 경성은 레코드판을 얹었다. "별들이 소곤대는 홍콩의 밤거리……" 하며 백설희의 노래가 나왔다.

"야, 그거 희한하다. 얇고 검은 판때기에서 노래가 나온다카이…"

조상정이 말했다.

다른 노래가 나왔다. 1분간 78회전을 하는 SP판은 잠시만에 다 돌아 버리는 것이었다.

한참 지나고 난 후 경성은 다른 레코드를 얹었다. 바이올린 곡이었다. 그 곡이 드보르작의 '유모레스크' 중에서 선율미가 가장 아름다운 한 곡이라는 것은 향우까지 포함하여 모든 아이와 음악이라는 인류 문화유산까지 모두 텅 빈 통이 되어 죽어 있었다.

"빠이롱(바이얼린) 씨루는(켜는)구나. 그런데 지금 경성이 느그 집 쪽에서도 빠이롱 씨루는 소리가 나네. 그런데 영 시원찮구나. 빠이롱 제 소리가 아니네."

남영호의 이 말에 경성이 답변했다.

"내 동생 경민이가 씨루는 기다. 빠이롱 선생한테 배우는 기지. 그런데 빠이롱 제 소리 내는 것부터 억수로 어렵다 카더라."

진원기가 말했다.

"야, 경성아, 빵 두 개로는 배가 고프다. 뭐 좀 더 가져온나. 창고에 팔지 않고 둔 겨울 사과 '국광'도 있을 것 아이가?"

"국광은 귀한 어른 손님 올 때만 내놓는다."

경성이 사실대로 말했다. 진원기가 또 말을 받았다.

"그러면 양조장에서 술찌끼라도 좀 가져온나."

"알겠다. 가져오지."

경성은 원두막에서 내려와서 양조장 쪽으로 걸었다.

잠시 후에 경성은 커다란 냄비에 담은 술찌끼와 숟가락 열 개를 가져왔다.

아이들은 맛있다는 듯이 술찌끼를 떠먹고 있었다. 유성기에서는 송민도가 '나 하나의 사랑'을 부르고 있었다.

잠시 후 8명의 아이들은 취기가 퍼져오르고 있었다. 그들은 "나 혼자만이 그대를 사랑하여…"하며 따라부르고 있었다.

아이들의 노래가 다 끝나자 이미 취기가 오른 경성이 유성기를 끄고 전등을 켜면서 말했다.

"자, 회의를 시작하자."

"그래, 그러자."

모두들 동의했다.

"임시 사회는 내가 맡겠다. 이의 있나?"

경성의 이 말에 모두들 동의의 뜻을 표했다. 이어서 경성의 말이 좀 길어졌다. 취기가 배어져 있었다.

"우리 모임의 목적은 동변의 부잣집 아이들끼리, 어른들의 말대로 친목을 도모하자는 기다. 우리 학교는 어린이집, 후생원이라는 두 개의 고아원 아이들이 다니고 있고 그들과 주먹패들이 너무 설쳐서, 반장인 나도 손을 못 쓰고 있다."

진원기가 경성의 말을 끊고 다음과 같이 말했고, 이어서 경성은 말을 계속했다.

"그 자식들은 압핀의 침들이 주먹 밖으로 나오도록 주먹에 헝겊을 감고 설쳐댄다."

"우리는 부자끼리 똘똘 뭉쳐야 한다. 그리고 또 하나의 목적이 있는데, 우리는 학교 성적을 올려야 한다. 그래야 우리 모임이 제대로 행세를 할 수 있다. 여기서 내 개인적인 사정을 말하면, 나는 어른이 되도록 재산을 잘 지켜서 국회의원이 되고 싶다. 그런데 나는 내 여동생 경민이보다 학교 성적이 못하다고 해서 꼰대(아버지)로부터 내가 외탁했다고 하며 구박을 받고 있다. 이런 점을 해결하기 위하여 우리 중에 머리 좋은 아이는 다른 아이들을 도와 주어야 한다. 그라믄(그러면) 먼저 우리 모임의 명칭부터 정하자. 각자 의견을 내 봐라."

"부자 클럽. 어떻노?"

부자 아닌 최칠석이 제안했다.

"부자 아닌 사람이 들으면 웃는다. 그거 안 된다. 우등생 클럽. 어떻노?"

우등생 나창호의 말이었다.

"그것도 안 좋다. 여기서 우등생은 향우하고 너 둘뿐이다."

진원기가 반박했다.

"그렇지만 우등생을 목표로 하고 있잖아?"

다시 창호가 말했다.

"사과밭 클럽이 좋지 않겠나?"

2학년인 서종규가 말했다.

"그거나 부자 클럽이나 마찬가지다."

남영호가 반박했다.

"능금꽃 클럽이 좋은 것 같은데……"

이번에는 향우가 말했다.

"아, 그것 좋은 것 같다."

경성이 맞장구쳤다.

"능금꽃 클럽이라, 그것 좋다. 삼삼하다."

창호가 말했다.

"그 이름으로 택하자."

여러 아이들이 동시에 말했다.

"그라믄 능금꽃 클럽이 좋다고 생각하는 사람 손들어 봐라!"

경성의 말에 모두들 손을 들었다.

"만장 일치다. 그라믄 '능금꽃 클럽'으로 정한다."

경성이 선포하듯 말했다. 그리고 그는 다시 발언했다.

"다음으로 정식 회장 선거를 하자. 무기명 투표다. 아무 종이나 찢어서 이름을 써 넣으면 된다."

모두들 공책을 찢어서 투표를 했다. 나창호가 참관인이 되어 경성이 개표를 했다.

"만장 일치로 민경성이 '능금꽃 클럽'의 회장으로 당선 되었음을 선포한다."

본인이 당선 선포하는 것이 어색하다고 생각했던지 나 창호가 목에 힘을 실어 말했다.

"당선 소감이라는 것을 말할 것은 없고, 우쨌든 모든 회원들이 나를 뽑아 주어서 고맙다. 그라믄 당선 선포를 받아들여 지금부터 정식 회장으로서 사회를 맡겠다. 우리가 반드시 알아 두어야 할 것은 '능금꽃 클럽'은 우리가 죽을 때까지 계속된다는 기다. 회원 자격이 없어지는 경우는 회원의 죽음이다. 그리고 회원이 동변을 떠나서 다시 돌아올 가망이 없을 때이다. 지금부터 회원 각자의 자기 소개를 하도록 한다. 순서는 지금 앉아 있는 상태에서 시계 반대 방향으로 돌아가는 기다. 유성기 앞쪽에 앉은 회원부터 말이다."

그때 나창호가 긴급 제안을 했다.

"지금 술이 취하여 기분이 좋다. 배도 출출하고 조금만 더 취하도록 하기 위해 각자가 남아 있는 술찌끼를 몇 술씩 더 퍼먹고 자기소개를 시작하자."

모두들 동의했다. 그리고 냄비가 동이 나도록 모두들 술찌끼를 떠먹어댔다.

유성기 앞쪽에 앉아 있는 2학년 서종규가 먼저 자기소개를 했다.

"3학년 형들 앞에서 말이 잘 나오지 않을 것 같다……."

"지금 적당히 취해서 얼굴이 자신만만하고 말이 잘 나오고 있는데?"

경성이 말했다. 이어서 서종규가 입을 열었다.

"여러분이 잘 아다시피 내 이름은 서종규다. 아버지는 서윤락 씨이고. 나는 일남일녀 중에 막내다. 우리 집 과수원의 면적은 9000평 정도다. 그중 몇백 평은 토마토밭이다. 나의 장래 희망은 큰 공장을 가진 회사의 사장이 되었다가 T시의 시장이 되는 기다. 정치를 하고 싶다. 우리 아부지는 경성 형의 아버지와 절친한 친구인데, 한편 민주당 당원이다. 지난 국회의원 선거 때 민주당 후보의 표를 지키기 위해 시골 투표소의 투표함을 몸으로 감싸서 먼 개표장까지 날랐다. 그래서 민주당 후보의 당선에 힘을 보탰다. 우리 아부지는 동변의 민주당 투사로 알려져 있다. 그래서 나는 지방자치단체에서 열심히 싸우는 정치인이 되고 싶다."

다음은 회장 경성의 차례였다.

"나도 술이 오르고 있다. 가벼운 농담부터 시작한다. 민주당의 전신은 한민당으로서 무조건 좌익을 죽이는 데는 자유당보다도 더 무자비했다 카더라. 민주당은 자유당이 있음으로써 저절로 고상해진 기라 카더라. 별 것 없다. 서윤락 씨는 선거 때 반짝 투사라고 하지만 평소 때는 '농땡이'로서 일은 책임자에게 맡기고 세월 가는지 모르고 놀고 계신다. 누구하고……? 바로 우리 아부지하고 함께이다. 매일 술을 마시고 마작을 한다. 그리고 둘은 여자 나체 사진을 즐기고 서로 제공한다. 우리 꼰대(아버지) 책상 서랍을 열어 보고 알았다. 남영호 느그 아부지는 자유당 당원이제? 미안해 할 것 하나도 없다. 우리 꼰대는 자유당도 민주당도 아니다. 완전한 중립이다.

그리고 우리 할아부지는 일제 때 지금 우리 집인 동변양조장에서 지배인이었다. 주인에게 허리를 굽실거리고 착실히 일했지만 친일파는 아니었다. 우리 조상들은 중립을 좋아했다. 그러면서 기회주의자도, 회색분자도 아니었다. 그런데 2차 대전 종전 전에 일본인 사장은 일시 귀국을 하러 떠나기 전에 지배인인 할아부지에게 명의 이전과 등기를 해 주었다. 그런데 곧 전쟁이 끝나고 일본인 사장이 돌아오지 않아서 할아부지는 쉽게 양조장 소유권자가 되어 버렸다.

겉으로 굽신거리는 중립자였기 때문에 할아부지는 행운을 잡을 수 있었고, 우리 아부지를 일본에 유학시킬 수 있었다. 나와는 달리 머리가 좋은 우리 꼰대는 와세다대학을 졸업했지. 꼰대 역시 중립주의자로서 일체의 공직에서 떠나 있지. 조용히 세상을 살고 계시는 기라. 그것이 지나쳐서 너무 놀고 계시지러. 양조장과 과수원도 책임자 종업원에게 맡겨 버리고……. 놀이의 친구는 서종규의 아부지 서윤락 씨이고. 지금까지 말한 것은 남이 의심하듯이 우리 조상 대대로가 친일파도 아니고 정치적으로도 중립파였다는 것을 강조하기 위한 것인기라.

우리 동변의 과수원 주인들은 대개 일본인 원주인의 일종의 마름으로서 굽신거리다가 해방되자―뭐라 카노? 그래―그 적산 가옥에 눌러앉았다가 국가로부터 정책적인 싼값으로―저, 뭐라 카노? 그래―불하받아서 과수원의 소유권을 얻게 되었지. 그들 중에는 겉으로만 굽신거리는 것이 아니라 진짜 친일파도 있었는지도 모르지. 그러나 우리는 그런 것을 불문에 붙인다. 후손에게는 죄가 없으니끼네. 만세 몇 번 부르고 겨우 몇 달간 감옥에 있다가 나와서 아무 일도 않고 독립 운동가 폼만 잡는 인간들도 있으니 그게 그거지. 우리 꼰대가 그렇게 말씀하시더라.”

“맞는 말이다.”

창호가 끼어들었다. 경성은 말을 계속했다.

“우리는 아부지 말씀에 복종해야 하지만, 어른들의 말과 행동을 무조건 믿을 만한 것은 못 된다. 우리는 정신 차려야 하며, 우리의 재산을 잘 지켜야 한다.

나는 아직도 취해 있다. 그래, 미안한 말이지만 우리 집은 동변 제일의 갑부이다. 과수원이 18,000평이나 된다. 그리고 은행 예금이 아주 많다. 양조장으로 계속 벌어들이고 있고. 나는 커서 부자인 국회의원이 되어 남을 도와 주고 싶다. 이게 내 자기소개의 끝이다.”

다음 차례는 진원기였다.

“우리 아부지의 성함은 진도작이고 나는 일남 일녀 중에 하나다. 우리 남매는 연년생이다. 우리 과수원의 면적은 10,000평이다. 우리 아부지는 나에게 과수원의 수명이 끝나면 회사를 차려 사장이 되라고 카신다. 나도 스스로 사장이 되고 싶다고 생각한다. 그리고 이왕이면 지방자치단체장이 되고 싶다. 도지사나 시장 말이다."

다음의 차례는 나창호였다.

"나의 부친의 존함은 나석해이고 나는 2남 중에서 장남이다. 우리 과수원의 면적은 진원기의 집과 같이 10,000평이다. 나의 포부는 너희들과는 좀 다르다. 나는 계속 공부를 열심히 하여 판사가 되고 싶다. 이만 간단히 끝내겠다."

다음은 남영호의 차례였다.

"모두들 취기가 있어 말을 거침없이 잘 하는구나. 나는 간단히 끝내겠다. 우리 아부지의 이름은 남인수이고 자유당 당원이다. 나는 1남 1녀 중의 하나다. 우리 과수원의 면적은 비교적 적은 편이다. 7,000평이다. 우리 과수원은 느그들과는 달리 반촌1동에 있다. 나의 목표는 아직 정하지 않았다."

다음의 차례는 조상정이었다.

"우리 집과 과수원도 반촌1동에 있다. 아부지의 성함은 조정발이고 나는 2남 1녀 중의 장남이다. 과수원은 7,000

평이다. 아부지 조정발 씨는 홍옥과 고르뎅(골든) 사과를 빨리 익히는 방법을 연구해서 도지사로부터 상을 받았다. 나도 커서 사과 재배의 전문가가 되고 싶다.”

다음은 최칠석의 차례였다.

“나는 느그들처럼 부자가 아니다……”

최칠석이 입을 열었을 때 경성이 잠시 말을 막았다.

“잠깐……, 칠석은 부자는 아니지만 대단히 쓸모있는 친구다. 우리에게 걸거치는 놈들을 코가 납작하게 만들어 줄 친구다. 정식으로 유도를 배웠으며 주먹 하나 세다. 칠석은 3학년에서만도 똘만이가 몇이나 있다.”

“우리의 용맹한 장비다.”

나창호가 거들어 주었다. 칠석은 다시 입을 열었다.

“우리 아부지 성함은 최점현이고 나는 2남 중의 장남이다. 아부지는 말 수레를 끈다. 그러나 동변의,—뭐라카노? 저—영세 연사 공장의 실들을 시내에 날라 주면서 짭짤한 재미를 보고 있다. 부자는 아니지만 어무이는 내가 사 달라 카는 것은 무엇이든지 사 준다. 기 안 죽이려꼬 말이다. 나는 공부는 못 하지만 체육을 좋아한다. 나는 커서 주먹을 써서라도 부자가 되는 꿈을 갖고 있다."

마지막으로 향우의 차례가 왔다. 경성이 먼저 입을 열었다.

"잠깐, 향우는 지금 부자는 아니지만 장래에는 얼마든지 부자가 될 수 있는 인재다. 느그들이 지켜보았다시피 향우는 머리가 억시기 뛰어나 있다. 진짜 뛰어난 수재이다. 아니, 수재 중의 수재이다. 우리는 향우의 머리를 흙 속에 묻혀두지 말고 잘 써먹도록 해야 한다. 뭐, 부끄러울 것 있나? 배울 것이 있는 한 배워야제. 자, 향우야, 말해 보거라."

"과찬해 주어서 미안하다. 우리 아버지는 김하운 씨이고, 너희들이 알다시피 A교 공사를 위하여 사무원으로 일하고 계신다. 나는 형제가 없고 독자이다. 나의 꿈은 대학교수가 되는 것이다. 동변의 강물과 사과밭만 봐도 기분이 상쾌해지고 무엇을 얻은 느낌이다. 나를 환영해 주어서 고맙다. 진정 나는 동변이 나의 제2의 고향이 되었으면 좋겠다."

향우가 말을 마치자 경성이 모두를 바라보며 말했다.

"시간이 오래 되었다. 토요일인 내일 우리 무엇을 하면 좋겠노?"

"얼음창고로 낚시 가자."

창호가 제안했다.

"얼음 창고 낚시 가면 좋겠다는 사람 손들어 봐라. ……아, 그래. 모두 찬성이다. 점심 먹고 우리 집 앞에 모이자."

경성이 말했다.

금호강

다음날 오후 두 시쯤 되어서 아이들은 모두 입선1동 경성의 집 앞에 모였다.

그들은 낚시 도구를 들고 둑에 올랐다. 그리고는 동쪽으로 강을 거슬러 올라갔다. 조금 가다가 둑의 허리께 쯤에 만들어진, 말하자면 '중간 둑'으로 내려가서 걸었다. 강 건너 절벽과 그 위에 세워진 절이 보였다. 절벽이 끝난 지점에 씨름터가 어렴풋하게 보였다. 곧 강 이쪽 편에 너른 벚꽃나루터가 나타났다. 꽃이 진 벚꽃나무가 많았고 강둑 쪽 한 곳에 서낭단이 쌓아올려져 있었다. 전통적으로 동변을 지키는 수호의 신에게 제를 올리는 곳이었다. 두 벚꽃나무에 그네가 매달려 있었으나 아무도 타지 않고 있었다. 벚꽃 나무 밑에서 할머니들과 중년 아낙들이 춤을 추며 움직이고 있기 때문이었다.

"날좀보소날좀보소날좀보소. 동지섣달꽃본듯이날좀보소……"

전쟁의 악몽으로부터 헤어나온 할머니들과 중년 아낙네들의 안도의 한숨과 춤이었다. 싸구려 과자 안주에 소주를 마신 그네들이었다. 통통배의 확성기 노랫소리에 잠식되는 그네들의 노랫소리였다. 순수한 우리의 소리와 가락이 새로운 노래 문화에 잡아먹히는 형국이었다. 그러나 그네들은 아랑곳없이 신명을 내고 있었다.

아이들은 계속해서 걸었다. 곧 수상 건조물인 댄스 홀 셋이 강물 위에 떠 있었다. 전쟁 후 너울거리는 아지랑이 저편의 아메리칸 드림의 한 편린이 가상의 낭만의 낙원에 떠 있다고 할 수 있었다.

곧 통통배의 선착장이 나왔다. 사람들이 줄을 서 있었다.

아이들은 둑에서 내려가서 습지가 넓은 강변을 걸었다.

그들은 강변 끝까지 걸어서 강과 배를 바라보았다. 노 젓는 작은 보트가 많이 떠 있는가 하면, 통통배들이 서로 교차하듯이 어지럽게 오가고 있었다. 그러면서 큰 파도를 일으키고 있었다. 배 바로 뒤의 파도는 높이 일며 하얀 포말을 머금고 있었다. 파도는 강변 끝까지 밀려와서 뭍(땅)을 간질이고 있었다.

"오동추야달이밝아오동동이냐오동동술타령에오동동이냐……"

"죽장에삿갓쓰고방랑삼천리흰구름뜬고개넘어가는객이누구냐……"

"아신라의밤이여불국사의종소리들리어온다……"

"남쪽나라십자성은어머님얼골……"

"앵두나무우물가에동네처녀바람났네.물동이호밋자루나도몰라내던지고……"

오고 가는 통통배 스피커에서 각기 다른, 당시에 유행하던 대중가요가 흘러나와 요란하게 불협화되고 있었다.

"가난한 나라에서 '놀자 판'이네."

창호가 말했다.

"배 타는 값이 싸겠지."

향우가 혼잣말하듯이 입을 열었다.

"몇 년만 지나면 이 노래들은 다 옛노래가 되겠지?"

경성이 말했다.

"옛노래가 좋지. 옛추억을 불러일으키니까. '신라의 달밤'과 '남쪽 나라 십자성'은 이미 옛노래야. 어머님 얼굴이 어머님 얼골로 발음되고 있어."

향우가 말했다.

"어쨌든 노래가 강을 가득 채우는 것은 음울한 것보다 훨씬 낫다."

경성이 눈으로 통통배의 파도를 좇으며 말했다.

"전쟁 중의 대포 소리를 멀리 쫓아버리니끼네."

창호가 말했다.

조금 더 걸으니 군데군데 늪지가 있었다.

강 건너 통통배의 종착지 선착장 대나무숲과 마주보는 강 이쪽 쯤에 이르니 강변이 조금 높아져서 보리밭이 이어졌다.

그들은 보리밭 강변을 한참 걸었다. 강 유원지가 멀어

졌고 시끄러운 소리가 상당히 지워져 있었다. 강 건너에는 절벽이 많았다.

'얼음 창고'에 가까워지니 강변 가장자리가 얼마간 낮아지고 갈대숲이 펼쳐져 있었다.

'얼음 창고'의 건너편인 강변에 이르니 부들의 숲이 나타났다. 둑 쪽의 넓은 곳은 여전히 보리밭이었다. 부들은 아이스케이크 모양인 원주형의 부들꽃을 피우고 있었다. 꽃의 갈색 색채 때문에 부들의 잎사귀와 줄기는 초록의 빛이 더욱 선명해 보였다.

"우리들 키보다 더 크구나. 나는 처음 보는 식물인데. 신기하구나. 이게 무슨 풀이냐?"

향우가 말했다.

"서울 내기 할 수 없다카이. 부들이라 카는 기다."

원기가 말했다.

부들숲 동쪽 옆이 바로 낚시터였다.

강물은 깊고 푸르렀다.

"건너편 절벽을 왜 '얼음 창고'라고 부르냐?"

향우가 가까이서 낚싯대를 드리우고 있는 영호에게 물

었다.

"옛날 높은 관리가 여름 철에 쓰도록 얼음을 얼리고 저장하던 곳이지러."

향우의 찌가 움직였다. 그는 낚아챘다. 팔에 닿는 무게감이 묵직했다. 고기가 수면 위로 끌어올려지자 왼쪽에 앉아 있는 상정이 말했다.

"야, 큰 거 물렸다."

"이거 처음 보는데. 이게 무슨 고기냐?"

"동변에 살지 않았다면 모리는 게 당연하제. 바로 가물치라 카는 기다."

상정이 답변했다.

그들은 고기를 많이 낚아 올렸다. 붕어, 잉어, 메기, 가물치였다. 낮이 긴 이날 여섯 시나 되어서 그들은 낚시 도구를 챙겨서 귀가할 준비를 했다.

그들은 왔던 길을 되돌아갔다. 갈대숲에 이르렀을 때 2학년인 서종규가 말했다.

"우리 메추라기 알, 뜸부기 알 찾으러 보리밭 뒤져 보자. 그들 부화된 새끼가 있으면 더욱 좋고……."

그들은 보리밭 사잇길을 걷다가 보리밭 속으로 조심하면서 들어갔다. 종규가 탄성을 질렀다.

"여기 뜸부기 새끼 세 마리가 있다."

"여기에도 새 새끼 두 마리가 있다."

나머지 애들과 조금 떨어진 보리밭 속에서 창호가 역시 탄성을 질렀다. 종규가 그곳으로 가 보았다.

"메추라기 새끼다."

종규가 확인을 했다.

종규는 잡은 물고기를 향우의 망태기에 넣어 주고 새 새끼 다섯 마리를 자신의 망태기에 넣어 조심스럽게 걸으면서 말했다.

"우리 집에는 작은 방 만한 철망 새장이 있고 사료가 있으니끼네 이 새들 살아갈 수 있을 끼다."

보리밭을 빠져나와 다시 강변길을 걸으면서 경성이 향우에게 물음을 던졌다.

"향우야, 오늘 재미가 어떠하나? 그리고 우리 동변을 어떻게 생각하나?"

향우는 잠시 생각을 곱씹어 보더니 말을 했다.

.

"오늘 아주 재미가 좋았어. 그리고 동변이 좋아. 한마디로 종합해서 동변은 아름다워. 동변은 풍성하고 향기롭고 신비스럽고 아기자기해. 나는 계속해서 동변에 살았으면 좋겠어. 여기에서 살고 싶어."

그들은 갈대숲을 지나 따사로운 햇볕 아래서 그들의 그림자를 드리우며 걸었다.

전성기를 준비하는
과수원들

새로운 A교 다리의 공사가 완료되었다. 만 1년이 흐른 것이다.

'선진산업'은 방파제를 공사하는 작은 항구로 떠났다.

김하운 씨는 사표를 썼다. 동변에서 긴요하게 쓰이는 물품 즉 시멘트, 사료, 비료를 매출하는 상점을 차린 것이었다. 이렇게 됨으로써 동변은 향우의 제2의 고향으로 되어 가고 있었다.

향우는 4학년이 되었다. 동변에 온 후 향우는 1년간 학업 성적에서 1등을 놓친 일이 없었다. 그리고 '능금꽃 클럽'과 다른 친구들에게 신임을 얻고 다정한 사이가 되어

왔다.

6월이 오자 그 두 번째 토요일 오후 향우는 경성과 창호와 칠석과 함께 강에서 고기를 잡고 있었다. A교의 북서쪽 교각을 넘어선 곳(하류)에서였다. 물이 깊지 않고 물살이 빠른 쪽에서였다. 바로 피라미 낚시였다. 빠른 동작으로 낚싯줄을 강물에 담그고 곧 피라미를 잡아내고 다시 빠른 동작으로 바늘에 미끼를 끼워 강물에 던지는, 동작 빠른 낚시였다. 미끼는 깻묵으로 된 작은 떡밥이었다. 그리고 그들은 보다 동쪽으로 교각 가까이에 고기잡이용 유리 어항을 강물 바닥에 넣었다. 고기가 들어가기는 쉬워도 나올 수 없는 구조로 된 어항이었다. 그걸 가지고 사람들은 물고기들의 눈멀지 않은 눈을 속이고 홀리는 사기 수법으로 놀려먹는 것이었다. 각 어항 속에는 깻묵, 된장, 술찌끼를 넣어 진하고 빨리 퍼지는 맛과 냄새를 따라 고기가 몰려오도록 했다. A교는 조금 높은 지대에 놓여져 있는데, A교를 다 건너와서 (네거리) 그대로 직진하여 조금 내려온 평지에 향우의 세든 집과 칠석의 집이 있었다. 다리를 다 건너 동쪽으로 우회전하여 역시 조금 내려간 평지에 경성의 집과 양조장이 있었고, 더 동쪽으로 곧장 나아가서 검상1동에 창호의 집이 있었다. 경성은 낚시 미끼와 어항과 튀김 기름(식용유)을, 칠석은 풍로와 숯과 프라이팬을, 창호는 사이다와 밀가루와 와사비 간장을, 향우는 망태기를 각각 준비하고 낚싯대는 각자가 준비해 왔다.

망태기에 고기가 제법 많이 담기자, 그것들의 요리는 경성이 맡았다. 물고기를 소금기 있는 밀가루에 묻혀 프라이팬에 올려 튀김을 만들었다. 그들은 낚시를 즐긴 후에 술 대신해 사이다를 곁들여 피라미 튀김을 포식했다.

그렇게 먹고 마시고 나서 그들은 강 건너 효동동을 바라보았다. 강 건너에도 사람들이 피라미를 잡는 여울 낚시에 여념이 없는 듯했다. 얼마 후 서쪽 철교 위로 열차가 동변역을 향하여 건너오고 있었다. 경성은 열차를 향하여 손을 흔들어 주었다.

얼마 후에 향우가 말했다.

"우리 잘 놀았다. 나는 엄마 따라 가야 한다. 뭘 좀 사러……."

"우리도 일어서자. 너무 밖에 오래 있어도 아버지가 눈

쌀 찌푸리신다.”

경성이 말했다. 창호도 말했다.

“그래, 맞다. 우리도 가 보자.”

향우가 집으로 가니 어머니가 기다리고 있었다.

“강에 갔다 오는구나. 그래, 공부는 그만해도 된다. 몸을 건강하게 만들어라. 특별한 운동을 하든지 하여…….”

“엄마, 지금 강에서 운동을 하고 오는 길이어요.”

“그래, 됐다.”

향우는 조그마한 손수레를 밀고 나갔다. 그러면서 어머니를 보고 말했다.

“엄마, 오늘은 사과 몇 개쯤 사려 해요?”

“가는 김에 한 접(100개)은 사야 하겠지. 우리집 모든 식구가 신 것을 좋아하니까.”

그들 모자는 나란히 샛강을 뒤로 하는 지전동 과수원 쪽으로 갔다.

그쪽에는 작은 과수원들이 많았다. 그들은 길에서 세 번째 과수원으로 들어갔다. 개가 짖었다. 그들 둘을 보고 과수원 주인아줌마 같은 사람이 말했다.

“시그러운(신) 능금을 좋아하나 보지예.”

“예, 그래요. 우리집 식구는 신 음식을 좋아하는 것 같아요.”

어머니가 말했다.

“부잣집 과수원은 비바람에 떨어진 홍옥 사과는 먹지도 팔지도 않아예. 돼지 먹이로 처분하지예.”

과수원 여주인이 말했다.

“하지만 손해 보지 말아요. 모두 아까운 사과인데…….”

“예, 고맙심더. 맛있게 잡수이소.”

“예.”

과수원 주인아줌마는 일일이 헤아려 보지도 않고 넉넉히 100개 이상을 향우네가 가져온 자루에 넣어 주었다. 어머니는 사과값을 지급했다.

“동변에는 주머니에 여윳돈이 조금만 있어도 그럭저럭 살아갈 수 있는 것 같으네요. 사과값이 싸듯이, 먹을 것이 싸고 풍성해서 말이죠. 특히 동변에는 과수원 지주들이 많고 다들 잘 사는 것 같으네요.”

“남 보기에는 모두 부자인 것 같으나 따지고 들면 다 애로 사항이 많아예. 어쨌든 지주의 수효는 많지예. 지주도 두 종류가 있어예. 부자인 대지주와 그에 따라가지 못하는 적은 땅 주인이 있지예. 동변에는 벌이의 규모에 따라 대지주와, 소지주, 연사 공장 사장들과, '마름'을 포함한 일꾼들이라는 세 계급으로 나누어 볼 수 있지예. 우리 집도 소지주라 할 수 있으나 어려운 점이 좀 있지예."

"그래도 빚은 없잖아요?"

"빚은 없으나 능금 과수원을 제대로 할라카면 기초 자본이 많아야 돼예. 가실(가을)에 소득을 다 챙겨서 나온 돈을 여윳돈으로 하고, 그 전에 얼마간 자금이 있어야 능금을 제대로 키울 수가 있어예."

"어쨌든 동변에는 소득이 높은 집들이 많아요."

"적은 기초 자금으로 소득을 높이려면 일꾼 외에 지주들의 절약과 공이 들어가야 해예."

"예, 사과 농사 잘되시기를 바랍니다."

"예, 안녕히 가이소."

"예."

어머니는 작은 손수레에 사과 자루를 줄로 잘 묶어서 향우가 잘 밀고 나가도록 했다.

향우는 손수레를 밀고 나가면서 상류는 대지주이고, 중상류는 소지주와 연사 공장 사장들이고, 상점을 차린 향우네는 중류가 된다고 생각했다. 그는 운동량이 많아서인지 피라미 튀김을 배불리 먹었어도 벌써 배가 꺼진 듯했다. 아직 벌이가 무엇인지 잘 모르는 향우는 동변은 배고프지 않게 먹을 수 있는 고장이며, 향기 좋고 눈에 아름답게 다가오는 꽃의 고장이라고 생각되었다. 그리고 서울에 있을 때 중하류였던 그의 가정이 중류로 수직 상승한 것 같다고 생각되었다.

태풍

향우는 5학년으로 진급했다. 이해 추석 무렵 태풍이 전 국토를 유린했다. 폭풍, 폭우, 강물 홍수 사태가 전 국토에서 진행되었다. 주림에 시달리는 사람들은 강둑에 올라서 홍수 사태를 바라보며 경악했다. 그리고 스스로를 위로했다. 혹은 홍수에 떠내려가는 돼지, 소, 뿌리째 뽑힌 과일나무, 사과를 건지면서 그것들과 함께 떠내려가는 사람들을 구출할 지혜를 짜내고 있었다. 그리고 "물이 둑 위쪽 바로 아래까지 불어나거나 넘칠 것이다.", 혹은 "아닐 것이다." 하며 서로 의견을 교환했다. 사실상 의견 교환이라기보다는 서로 싸울 듯이 자기주장을 하고들 있었다.

비관주의자가 더 많았다. 소 잃고 외양간 고쳐 봤자 이미 늦다는 것이었다. 강물이 둑을 넘쳐 흘러 마을로 물이 들어올 것이라고 걱정하며, 동장들과 상의하여 피난을 하는 등 빠른 조치가 필요하다고 했다. 검상 1동으로 집을 사서 이사한 향우네는 걱정을 하면서도 강물은 더 불어나지 않는다는 판단을 했다. 향우의 아버지 김하운의 계산된 예측이었다. 그러나 함부로 그런 말을 하다가는 넘치지 않더라도 둑이라도 터지면, 동변 사람들에게 심히 욕 먹을 것이라고 생각하여 입을 다물었다. 그러나 너무 두려워 하거나 서두를 것은 아니다―라고 동장들에게 시간의 흐름에 따른 강둑에서의 물이 불어나는 속도(강둑의 수위 증가)라는 계산 근거를 대면서 어느 정도 안심을 시켰다. 일본식 집에 주거하는 사람들은 2층, 3층으로 주요한 물건 등을 옮기며 높은 곳에서 생활을 했다. 다행히 김하운의 예측대로 강물은 더 이상 불어나지 않고 둑 아래로 빠져나갔다.

그러나 과수원 주인들은 사과 농사를 망친 것을 통절하게 느꼈고 다음 해를 기약하면서 자신들을 달래야 했다. 하기는 과수원 지대는 대체로 땅이 높아서 그나마 피해는 비교적 적기는 했다. 다른 고장의 논농사는 무두들 완전히 망친 것이었다.

이 해에 흉작인 사과값은 비쌌다. 과수원 지주들은 자그만치나마 소득을 챙겼다.

사과 과수원들과 강물은 바로 T시의 젖줄이었는데, 한쪽이 다른 한쪽을 배반한 셈이었다. 하기는 많은 물은 사과나무 성장에 도움이 되었다.

뇌염 경보

향우는 초등학교 졸업 학년이 되었다. 지난해의 물난리로 인해서 사과나무는 많이 자랐고 태양 빛은 뜨겁게 대지를 달구어서 사과 농사는 풍작이 되었다. T시의 젖줄이 되는 사과나무와 넘실거리는 강물은 조화를 이루고 있었다.

태양 빛이 뜨겁고 사과나무가 그 키를 키울수록 수풀이 많아져 모기가 극성을 부렸다. 늦여름이 되어서도 모기가 종횡무진으로 설치더니 9월이 되어 일본 뇌염 모기 경보 발령이 내려졌다. 일본 뇌염은 치사율이 높았고 어둠이 내리면 그 소리가 맹렬하게 극성을 부렸다.

학교 측에서는 아이들의 등하교 때에 풀이 많은 강둑과

샛강으로 가는 것을 금지하는 지도를 했다. 그러니까 먼지가 나는 국도를 따라서 아이들은 등하교를 했다. 그리고 풀이 많은 곳, 각 가정의 대문이 가까운 곳에서 피해서 가도록 선생님의 지도가 계속되었다. 뇌염 바이러스를 가진 돼지, 소, 말이 사람이 있는 가까운 거리 밖으로 피해 물러나야 한다는 것이었다.

9월달이 되어 추석이 가까워져도, 추석은 문제가 아니라고 사람들은 장탄식을 했다. 두 집 걸러 한 집이라는 식으로 뇌염 환자 집이 그 표지를 내듯이 하였고, 그 가정마다 한 사람이 아닌 두 사람 이상이라는 식으로 환자가 발생했다. 사람들이 죽어도 부음을 전달하지 않고 걱정스럽게 생명을 이어갔다. 뇌염은 문자 그대로 뇌에 치명적인 염증이 생겨 죽고, 살아나도 대개 저능아가 되어 버리는 것이었다.

튼튼한 모기장으로 모기의 침범을 막음에도 불구하고 '동', '구'마다 환자 수효가 늘어가기만 하자, 보건 당국은 환자를 격리·요양시키기 위해 뇌염 감염자를 한 곳에 수용하였다. 그 무렵 처음에는 식구가 떠나서 격리되는 것을 슬퍼했으나, 나중에는 환자가 생기기만 하면 챙기듯이 요양

소로 잽싸게 보냈다. 가족이라는 인간관계에서 윤리나 의리는 땅에 떨어졌다. 한 사람이라도 더 살리는 것이 더 중요하다고 하며, 더 심하면 "적어도 나는 걸리지 않아야 한다"고 하며 이기심을 드러나게 했다.

일본 뇌염 모기가 문 뒤 잠복기를 포함하여 발열, 두통, 복통, 의식 장애, 혼수, 경련을 동반한 3주만 되면 결판이 나는 것이었다. 사망하든지, 저능아가 되든지, 또는 간신히 제대로 회복되든지 결판이 나는 것이었다. 많은 가정에서 추석 차례는 지내는 둥 마는 둥 했다.

날씨가 비교적 차가워지는 10월 중순에 가서야 뇌염 경보가 해제되었다. 그러나 전국적으로 사망한 환자 수효만 해도 무척 많았다.

일단 살아 남은 사람들은 조금 조심을 하면서도, 나았다고 서로 손벽을 마주쳤다. 사람들은 삶으로서 윤리와 의리가 되돌아오는 불완전한 동물에 불과하다고 생각하고는 스스로 부끄러워했다.

그랬다. 사람들은 부모와 자녀보다도 자신의 삶이 중요했다. T시 전체적으로 그러했다. 사람 목숨은 몇 알의 사과보다도 못했다. T시에서 사과는 올바른 대접을 받았다. 사랑하던 사람들은 이미 가 버리고, T시의 젖줄은 다시 생생해졌다.

능금꽃 클럽의 각 구성원 본인과 부모 형제는 모두 무사했다. 역시 그 집들에서 사과는 올바른 대접을 받은 채 1년이 흘렀다.

다음해 2월 초순에 향우는 중학교 입학시험을 치렀다.

향우는 창호와 함께 KB중학교를 지원했는데, 담임 선생이 원서를 모아서 분류하여 각 학교에 넣어 주었다. 시험 전날 오후 2시에 예비 소집이 있었는데 향우와 창호는 버스를 타지 않고 걸어서 학교까지 갔다.

동변사과 직판장이 있는 칠성시장을 조금 못 가서 신천이 있었고 그 위를 건너는 다리를 신천교라 불렀다. 그런데 신천교 아래(동변 쪽) 땅에는 많은 고철이 있었다. 몰래 폐차할 작정으로 신천교 아래에 버려진 자동차도 녹슬고 있었다. 그런데 그 신천교 아래 땅과 고철과 가마니 등을 자기 소유로 하여 지키고 점유한(?) 미친 젊은 여자가 있었다. 행인들은 '미친년'이라 하면서 멀찌감치서 둘러싸고 볼 만한 구경거리인 양 내려다보고 있었다.

그 미친 여자가 말했다.

"야, 느그들 나를 넘보지 마라. 이래뵈도 똥은 시장 안 변소를 이용한데이."

구경꾼 중의 하나가 다음과 같이 말을 던졌다.

"그라믄 오줌은 어떻게 누나?"

"그거야 아무 곳에나 누지. 나와 이 땅과 고철을 넘보는 놈은 물어뜯어 뿐다. 특히 깔고 덮는 가마니때기에 손 대는 놈은 그 자리서 죽는 줄 알아라. 나에게 칠성시장에서 산 떡과 빵을 건네 줄 놈을 빼놓고는 모두들 구경 그만 하고 꺼져라."

"저기 칼 같은 쇠붙이로 칼춤 한번 추어 봐라."

한 구경꾼이 주문을 하듯 말했다.

"알겠다. 그 대신 떡을 사 줘야 한데이."

미친 여자는 가마니때기 하나를 가져와서 사람의 상체 같은 고철에 씌웠다. 그리고는 처형용 칼 같이 생긴 쇠붙이를 손에 잡고 상반신 옷까지 벗어 버리고 알몸으로 칼춤을 추었다. 호기심에 가득 찬 구경꾼들은 웃어대는가 하면 여러 마디로 고함을 질렀다. 한참 칼춤을 추더니 칼의 날 같은 부분으로 가마니때기를 쳤다. 물론 가마니는 베어지지 않았다.

"춥다. 옷 입어라."

여러 사람들이 말했다.

"한번 춤 더 추고 입는다. 그리고, 칠성시장에서 산 떡과 빵 건네줄 놈을 빼놓고는 모두들 꺼져라."

사람들은 이러쿵 저러쿵 말이 많아졌다.

아직 키가 작아서 발돋움해야 볼 수 있을까 말까 하는 향우와 창호는 미친 여자로부터 발길을 돌리는 사람들 틈에 끼어 그 현장을 나와 버렸다.

"저 미친 여자 같은 사람 목숨 지난해 윙윙거리며 설치던 일본 뇌염 모기보다도 못하다. 저기 좀 멀리 동변 사과 직판점이네. ……그래, 사람 목숨 능금 한 알보다도 못하다."

어떤 행인은 그렇게 말하는 것이었다.

향우와 창호는 그 현장에서 고철 녹스는 냄새를 기억할

정도로 생생하게 코로 느꼈다.

"동변에는 고철 녹스는 냄새도 없고 저렇게 빠듯하게 사는 사람도 없는데……. 여기서는 사과 한 접만큼의 값도 안 나가는 사람들이 많은 것 같다."

향우가 말했다.

"전쟁 때에는 사람 목숨이 능금 열 개 값도 안 되었다 카더라."

창호가 말했다. 그러더니 다시 입을 열었다.

"우리 차비도 제대로 안 받았으니 빠른 걸음으로 가자. KB중학교 말이다."

그들은 칠성시장, 동인 로터리를 거쳐 어쩐지 낡은 고철 냄새가 나는 듯한 형무소(교도소) 길을 걸었다. 이사하기 전 TG여고가 있었고, 그곳을 지나 학원이 있는 S로터리로 해서 걸어 나갔다. K대 사대부고, TG상고를 거쳐 대봉동에 가서야 KB중학교가 나왔다. 녹슨 고철의 냄새는 세월이 흘러도 그들의 코에서 떠나지 않았다고 할 수 있었다. 그들 각자는 동변 토박이 촌놈이거나 '서울서 온 촌놈'에서 벗어난 날이 바로 이날이었다.

이 해에는 사과가 탐스럽고 많이 열렸다. 준비 기간을 넘어 과수원은 전성기의 전반기에 들어섰다고 평가하는 말들을 했다.

결혼식,
그리고 첫사랑

다음 해 6월, 그중의 한 일요일이었다. 이날은 음력으로 단오였고 경성의 삼촌과 상정의 큰 누나와의 결혼식 날이었다.

결혼식은 오전 10시경에 시작되었다. 전통 혼례식으로 치러졌다.

늦잠을 자고 일어난 향우는 점심을 먹은 후 강둑에 올라 벚나무나루터로 가서 중간 둑에 앉아 있었다. '능금꽃 클럽'의 아이들을 포함한 초등학교 동창들이, 또한 풍물놀이패가 서낭단이 있는 벚나무나루터로 올 것이기 때문이었다. 풍물놀이패는 동변에서 혼인식이 있는 날 신붓집과 신랑 집에 들러 지신 밟기를 하고 벚나무나루터에서 결판지게 풍물굿을 하러 오는 것이었다. 이것은 옛적부터 내려온 동변의 풍습이었다. 그렇기는 하지만 동변의 이런 풍습은 전통적인 것을 고수하려고 하는, 우리나라 다른 곳에 비하여 10년 전에야 있을 법한 것이었다. 동변에서 혼례식을 볼 때 옛것을 타파하고 마치 반항이나 하듯이 새로운 시도를 하려는 움직임은 만만치 않았고, 주로 대지주들에 의한 옛것을 고수하려는 태도는 완강했다. 신과 구의 대립이라기보다는 부와 빈의 대립으로 보였다.

중학교 2학년이 된 향우는 강의 상류와 하류를 유심히 살펴보았다. 3인용 작은 보트와 통통배는 옛날보다 그 수효가 상당히 줄어들어 있었고, 또한 배의 확성기로부터 나오는 노랫소리도 그 음량들이 적었다. 그리고 지난해에 두 군데에 케이블카가 만들어져 있었다. 경성의 아버지 민병소의 소유였다.

얼마 후에 창호가 나타났다. 그는 중간 둑으로 내려와서 향우의 옆 잔디에 앉았다.

"상정이 집에서 결혼식과 풍물굿을 보고 오는 길이다.

다른 아이들은 풍물놀이패를 따라 경성이 집으로 갔다. 니는 왜 결혼식에 오지 않았나?"

창호는 중학교에 올라와서 사투리 '와' 대신에 표준어 '왜'를 쓰고 있었다.

"소설책을 보다가 늦잠을 잤어."

향우와 창호는 둘 다 KB중학교 학생으로서 공부를 잘했다. 창호는 현재 반에서 14등을 하고 있고 향우는 1학년 때 반 2등인 동시에 전교 4등을 하다가 2학년에 올라와서 반 1등을 하고 있었다.

시간이 조금 흘렀다. 한복을 입은 동변의 처녀들이 벚나무나루터로 왔다. 오늘 결혼한 상정의 누나 조은숙의 친구인 정명순, 곽민정과 명순의 동생인 정성희와, 동변 성당에 다니는 은숙의 후배들인 서종희, 유금희, 진명선, 이순정, 최윤숙, 황홍주 등이었다. 그들 중 유금희는 향우·창호와 동기 동창으로서 그 동창 여학생 중에서 공부를 제일 잘했다. 얼굴은 잘생긴 편이 아니었고 KV여중에 다니고 있었다. 진명선은 진원기의 연년생인 여동생이었다.

정명순과 곽민정은 그네를 탔다. 다른 여학생들은 차례

를 기다리며 널뛰기를 했다.

"중학교 1학년인 진명선, 이순정, 최윤숙, 황홍주는 우리를 남자 취급도 안 한다카이."

창호가 말했다.

"중대가리 땡땡이인 우리를 누가 남자 취급하겠냐?"

향우가 되물었다.

"야, 모르는 소리 하지 마라. 쟤들은 남자 고등학생은 좋아하며 잘 따른다니까. 심지어는 학교 남선생을 사모한다 카더라. 이 말 거짓말 아니다. 알고 보면 쟤들은 속이 발랑 까진 것들이다."

"서종희는 경성이를 다정하게 대해 준다고 하던데."

"경성이 좋아하는 서종희는 둘 다가 중학생이었던 작년에는 같이 물장난을 하더니 올해 여고생이 되니까 말도 잘 안 받아 주고 쌀쌀하게 군다 카더라. 특히 KV여고에 입학한 뒤에는 말이다."

"함께 고등학생이 되거나, 함께 대학생이 되거나, 함께 사회에 나갔을 때는 좋아해 줄지도 모르지."

"과연 그럴까? 경성이는 헛다리 짚고 있는 것이 아닐

까?"

"아직은 알 수 없지."

"어쨌든 사춘기에 접어든 남자 중학생이 제일 불쌍하지. 그건 그렇고 동변강에 통통배가 줄어들고 조용해지고 찾는 사람이 줄어든 이유가 뭐라고 생각하나?"

"호주머니 사정이 조금 나아지고 대체 위락의 대상이 발달한 탓이 아닐까?"

"이를테면……?"

"레코드 LP판이 발달되고 전축이 널리 보급된 것도 한 이유가 되겠지. 또 하나 영화와 극장의 발달도 들 수 있겠지. 총천연색 시네마스코프에 멋진 헐리우드의 영화……"

"니 말 대로 많은 것이 기계화된 것이 한 이유가 되는구나. 또 예를 들면, 케이블카……"

"여름이 되면 해수욕장의 이용도 한 이유가 되겠지. 무엇보다 이미 오래된 6·25 전란의 악몽이 기억에서 사라져 간 것이 큰 이유가 될 것 같군. 그런데 동변의 유원지가 쇠퇴하고 있는 것만큼 동변 과수원의 부와 풍요로움도 수그러드는 것은 아니냐? 너의 집 과수원의 사정을 보면 알 수 있잖아?"

"그 점은 단언할 수 있지. 동변 과수원의 번영은 현재 전성기의 전반기에 이르고 있어. 그전에는 시내 시장에만 물건을 댔는데 이제는 전국 각처에서 트럭이 과수원에 들어오고 있어. 돈이 솔솔 들어오고 있지. 전성기의 상반기라고 할 수 있어."

"우리 아버지도 A교 공사가 다 끝났음에도 서울로 가지 않고 동변에 눌러살기로 하셨어. 동변이 좋기 때문이지. 사료, 비료, 시멘트 점포를 차리고 있어. 과수원에는 개와 거위 등 동물이 많기 때문에 장사가 쏠쏠하지."

"그 일은 나도 좀 알고 있지. 잘했어. 다행이야."

그들은 비스듬한 둑 위에 누웠다.

"서종희와 정성희가 그네를 타고 있네. 하늘은 저 강과 같이 푸르르군."

얼마 있지 않아서 풍물놀이패들이 오고 있었다. 가까이 오자 향우와 창호는 일어나 앉았다. 풍물놀이패 뒤에 경성과 상정을 비롯한 '능금꽃 클럽' 애들과 사람들이 따라왔다. 또 그 뒤에는 경성네 집 일꾼들이 떡 시루와 막걸리 통과 아이스박스와 그릇 등을 날라오고 있었다. 아이스박스 속에는 삶은 돼지고기가 들어 있는 것 같았다. 그들은 둑에 난 좁은 길을 통하여 중간 둑으로 내려와 걸었다.

"경성이, 상정이, 양쪽의 결혼을 진심으로 축하한다. 이 제 사돈이 되었군. 그런데 중매였나, 연애였나?"

향우가 말했다.

"오랜 연애 끝이었다 카더라."

경성이 대답했다.

"경성이 느그 삼촌 공군 헌병 중위제?"

이번에는 창호가 물었다.

"그래."

경성이 대답했다.

풍물굿패가 서낭단과 벚나무들 둘레를 돌며 꽹과리, 장 구, 북, 징과 나발(주: 나팔 아님), 태평소, 소고 등을 연주 하고 머리를 휘돌리며 걸판지게 놀이판을 벌였다. 한 마당 이 끝나고 조용해지자 경성네 집 일꾼들이 구경꾼들을 줄 서게 하고 시루떡과 돼지고기와 막걸리를 나누어 주었다.

시간이 더욱 흘렀다. 사립 명문 GS중학생인 경성이 또

래들을 불러모았다.

"느그들 모두 케이블카를 타 봐라. 시원스러울 끼다. 물론 공짜다. 우리 집 소유이니까."

"경성이 느그 아부지는 돈 버는 재주도 대단하시다. 어떻게 착안하셨을까?"

역시 GS중학생인 진원기가 말했다.

"돈이 돈을 버는 기라."

창호가 말했다.

"그리고 강 건너에 내려서 '죽림원'으로 가자. 거기서 맥주 한잔 마시자."

경성이 말했다.

"중학생이 술을 사 마셔? 더욱이 너희 집 술을 놔 두고?"

향우가 말했다.

"오늘 같은 결혼식 날 한잔 사 마셔도 된다."

경성이 오히려 핀잔을 하듯이 말했다.

서종규가 빠진 그들 일곱은 강 건너에서 모였다. 그리고 자갈길을 걸어서 '죽림원'으로 갔다.

대나무 속 탁자 옆에 앉으니 종업원이 왔다. 경성이 주문을 했다.

"여기 땅콩 안주에 맥주 몇 병 주이소."

술을 가져오자 경성이 각자의 글라스에 술을 따랐다. 그리고 나서 경성은 반 잔을 들이켰다. 그리고 말했다.

"아니들 마시나? 지금 우리들 과수원은 전성기의 상반기를 노래하고 있다. 다 좋은데 KV여고에 간 서종희가 중학생인 나를 섭섭하게 대하고 있다. 어찌하면 좋을까?"

"연상의 여자는 못 올라갈 나무인 기라. 단념해라. 좋은 여중생 얼마든지 있지 않나?"

창호의 말은 간곡했다.

"단념하라꼬? 조막만한 여중생을 어떻게 상대하란 말이고?"

경성은 마음이 답답하다는 투로 말했다.

"말하는 것 봐라. 그러니까 여고생은 남자 중학생을 상대할 수 없겠지."

창호가 말했다.

"중학교 2학년인 주제에 벌써로 사랑 얘기고?"

DR중학생인 상정이 말했다.

"사립 명문 중학인 GS중학에라도 갔으니 공부나 해야 제. 중학교 입학시험을 치른 것이 엊그제 같은데 또 내년이 면 고등학교 입학시험 준비를 해야 하지 않나."

DG중학생인 영호가 핀잔을 하듯이 말했다.

"2년 더 참고 있다가 여고생이나 꼬셔라. 그기 가장 빠른 길이다."

창호가 강조하듯이 말했다.

"그것 참 골치 아픈 일이네. 힘으로 밀어붙일 수도 없고……."

YS중학생인 칠석이 혼잣말하듯이 말을 내뱉었다.

"아무도 도와줄 수 없는 일이다. 너 자신과 종희 누나 외에는……. 그 상태에서는 공부조차 할 수 없어. 너로서 종희 누나를 잃는 것은 어머니를 잃는 것과도 같을 거다. 너 종희 누나가 엄마처럼 느껴지지?"

생각에 잠겨 있던 향우가 입을 열었다.

"그래, 니 말에 일리가 있다. 정성껏 아들을 보살펴 주는 모성의 부족에서 온 일인지도 모르겠다."

시무룩해진 경성이 중얼거렸다. 향우가 다시 입을 열

었다.

"나도 모성의 결핍이 있는지 모르겠다. 그래서인지 나도 실은 성희 누나가 마음에 끌린다. 정명순의 동생인 정성희 말이다. 서종희보다 1년 선배이지. 아버지가 한전 출장소장이고 우리 집과 사료상회 옆에서 연사 공장을 돌리고 있지. 나는 때가 올 때까지 오래도록 기다린다. 경성이 너를 당사자 외에는 아무도 도와주지 못한다. 너는 병에 걸렸어. 톡톡히 병들었지. 너도 잘 생겼잖아. 묘약을 찾아봐. 못 찾으면 실컷 병이나 앓으렴. 그러다가 병이 낫고 번쩍 정신이 들 수 있지. 가장 좋은 방법은 니가 더 클 때까지 종희의 모습을 가슴에만 담고 조용히 때를 기다리는 거다."

전성기의 전반기에
들어선 과수원

그날 밤 경성의 집에서 연회가 있었다. 민병소 씨가 새로이 만든, 사과밭 깊숙이 만들어진 정자에서였다. 참석한 사람은 민병소 씨 외에 서윤락 씨, 진도작 씨, 나석해 씨, 남인수 씨, 조정발 씨와 각 부인인 동변의 부자들이었다.

"이렇게 정자에 모여 앉으니 참 좋아 보입니다. 오늘은 정규 규정에 따라 우리 집에서 모임이 있는 날인데 마침 막냇동생의 경사스러운 결혼식 날과 겹치게 되었습니다. 차린 것은 별로 없으나 많이들 드십시오. 술을 못 드시는 사모님들이 계시기 때문에 상에 밥이 차려져 있으나 술꾼들은 밥그릇의 뚜껑을 나중에 여시고 우선 술과 안주를 많이 드십시오. 술안주 고기는 얼마든지 있습니다."

민병소 씨가 비교적 표준어를 많이 쓰려고 노력하면서 말을 마쳤다.

"이럴 게 아니라 이미 따라진 술잔으로 건배하십시더."

서윤락 씨가 제의했다.

"다 같이, 건배!"

진도작 씨가 '건배'를 유도하자, 모두들 소리 높여 '건배'라고 외치고 술을 들이켰다.

한참 후에 민병소 씨가 술잔을 놓고 말했다.

"지금 과수원을 둘러 보니 벌써 능금 알이 굵고 많이 열려 있습니다. 저의 사돈이며 능금 재배 전문가인 조정발 씨의 생각은 어떠하십니꺼?"

"정말 능금 알이 굵고 그 개수도 풍요롭게 많이 열렸습니더. 우리 과수원만 그런 게 아니고 제가 둘러본 회원님들의 과수원도 한결같이 그러했습니더. '축'(초록 색채인 채로 일찍 익는 사과)은 수확할 때가 다 되어 갑니더."

"태풍이 불지 않는 한 사과 풍작은 따놓은 당상일 깁니더."

서윤락 씨가 말했다.

"작년과 올해에만 국한된 풍작이 아닙니더. 능금나무의 키와 나무 둥치의 굵기를 볼 때 지금을 포함한 몇 해가 능금나무가 가장 생산력이 왕성한 때입니더. 말하자면 지금은 능금 생산의 전성기의 전반기입니더."

조정발 씨의 말이었다.

"거기다가 또 한 가지 행운이 따르고 있습니더. 그전에는 시내 몇 시장의 사과 직판장에 능금을 공급했는데 우리에게 썩 유리한 가격은 아니었습니더. 그러나 지금은 전국 각처에서 트럭들이 동변으로 몰려들고 있습니더. 그렇게 됨으로써 우리는 그전만큼 싼값으로 출하하지 않아도 됩니더. 우리는 값을 제대로 받을 수 있을 뿐더러 트럭을 몰고 온 업자도 직판장에서 구입하는 것보다 싼 값으로 살 수 있기 때문에 우리와의 거래는 더욱 활발해집니더."

나석해 씨가 말했다.

"우리의 앞에 전성기가 펼쳐지고 있습니더. 이런 의미에서 자축을 하며 한 번 더 건배를 합시더. 자, 빈 잔에 술을 채워주십시오."

민병소 씨가 제의했다.

그리고 모두들 '건배!' 하고 외친 후 술을 한두 모금씩 들이켰다.

술자리가 무르익어 갈 때 민병소 씨는 정자에 설치된 전축에 LP 레코드를 계속 얹어 노래를 틀었다.

"목포의 눈물, 황성 옛터, 비 내리는 호남선, 산장의 여인 같은 구슬픈 노래는 틀지 마소. 우리의 슬픈 과거를 끌어오고, 지금 우리의 처지와는 관계가 먼 질질 짜는 곡이니까."

진도작 씨가 덩치에 비해 가는 목소리로 야살을 떨었다.

"우리 노래를 듣고만 있을 게 아니라 함께 한 곡 뽑읍시더."

남인수 씨가 제의했다.

"그것 좋네예. 무슨 곡으로 하면 좋겠는교?"

민병소 씨가 모두에게 물었다.

"'신라의 달밤'이 어떻겠는교?"

나석해 씨가 되물었다.

"근심·걱정 없이 꿈속의 바람에게 흥얼거리며 대화를 거는, 기분 좋은 노래인 것 같습니더. 자, 다 같이 '아, 신라의 밤이여……' 시작!"

민병소 씨가 그렇게 하자, 모두들 빠짐 없이 제창을 했다. 젓가락으로 상을 두들기며.

그들은 또 '오동동 타령'을 제창하고 나서 마음껏 마시고 먹었다.

시간이 빨리 흘렀다.

진도작 씨가 제안을 했다.

"우리 각자가 노래를 한 곡씩 부르도록 합시더."

"고성방가하는 것은 좋지 않아요."

나석해 씨가 말했다.

"여기는 18,000평 능금나무 속의 한가운데입니더. 울타리 바깥에서는 안 들립니더. 염려 놓으이소."

민병소 씨가 안심시켰다.

"그러다가 통행 금지 시간까지 집에 못 갑니더."

남인수 씨가 말했다.

"파출소 경찰은 우리를 잡지 않습니더. 우리의 이름과 얼굴까지 다 기억하고 있습니더. 동변 유지로 알고 있으니까."

민병소 씨가 말했다.

"우리가 아무리 잘 산다고 해도 특혜를 받는 것은 옳지 않습니더. 더욱이 남의 눈도 있습니더."

조정발 씨의 대쪽 같은 충고조의 말이었다. 진도작 씨가 반박했다.

"우리들은 파출소와 경찰에게 뿌린 것이 있습니더. 우리가 어디 경찰에게 눌려 살아야 합니꺼? 조정발 씨, 우리는 융통성 있게 행동해도 됩니더."

"그 말을 아이들이 들어서는 안되는데. 교육상으로 말입니더."

그러나 아이들은 처음부터 끝까지 다 듣고 있었다. 경성과 향우와 창호가 원두막에 있다가 정자에서 연회가 시작될 무렵 정자 가까운 사과나무 뒤에 앉아서 음식을 먹으며 다 보고 듣고 했다.

연회는 밤 12시를 넘기고 밤 1시를 넘어서야 끝났다.

최절정기를 맞는
과수원들

경성, 창호, 향우가 고등학교 1학년이 된 해 과수원들은 전에 없던 풍작을 이루었다.

그해 11월 중순 동변의 갑부들인 회원들은 서종규의 집에서 월례 모임을 가졌다. 그전처럼 회장인 민병소 씨가 사회를 맡았고, 모두들 한마디씩 발언을 하도록 했다. 서윤락 씨의 발언 차례가 왔다.

"차린 것은 별로 없으나 많이들 드시기 바랍니다. 여러 회원님들께서 계산 즉 결산을 해 보셨겠지만 올해는 능금이 대풍작입니다. 2년 전과 비교할 때 수확량이 확실히 2배로 늘어났습니다. 다른 회원님들도 그러하시지예?"

조정발 씨가 말을 받았다.

"그런 관계의 자료는 이미 제가 다 분석해 놓았습니다. 제가 직접 여러분들의 과수원에 들려 이야기를 듣고 눈으로 직접 보고 하면서 기록해 두었습니다. 대풍작을 이룬 것은 한두 집만에 한하는 것이 아니었습니다. 전반적으로 그러하셨습니다. 능금 소득의 크기와 능금나무의 재산 상태를 다른 방식으로도 계산할 수 있으나, 우선 능금나무의 키와 몸통의 굵기와 능금 알의 굵기와 능금의 빛깔과 한 나무당 열린 개수로 종합해 볼 수 있습니다. 각 과수원은 같은 해에 묘목을 심었기 때문에 나무의 성장과 수확의 경향이 비슷한 것인데, 대체로 금년이 동변의 능금 생산의 최전성기를 맞고 있습니다. 바로 과수원의 최절정기라 할 수 있습니다. 올해와 같은 수확을 내년에 한번 더 기대해 볼 수도 있지만, 대체로 능금의 생산은 올해가 최절정기가 되는 것입니다. 그러니까 대체로 내년부터는 생산이 서서히 하강하는 선을 긋게 될 것입니다. 대체로 내년부터는 전성기의 후반부에 들어갈 것이지예. 전성기의 그 후반부는 불과 몇 년 동안 계속되겠지만, 모름지기 여러 회원님들은 가급적 수확량이 현상 유지에 가깝도록 재배에 최선을 다 하셔야 합니더."

그때 민병소 씨가 말을 받았다.

"말씀하신 대로 올해는 정말 최절정기입니다. 알의 굵기가 배나무의 배보다도 더 큰 능금도 있습니다. 작은 조선호박 만한 것도 있습니다. 싸움에 진 자와 죽은 자는 말이 없다고 하나, 우리 승리자들도 말이 없습니다. 오직 실적 결과가 말하는 것일 뿐입니다. 여러분은 한 시름 놓으시고 많이 드시기 바라며 흥금을 털어놓으셔도 됩니다. 또한 노래 부르시기를 기대해 봅니다."

"우리 한번 더 건배하십시더."

남인수 씨가 이렇게 제의했다.

모두들 비워진 술잔에는 술을 채워주며 제창하듯이 "건배" 하면서 즐거워했다.

남자들은 한 사람 한 사람씩 노래를 했다. 그런데 막상 노래를 시작하니 기쁨의 노래보다는 슬픔에 젖은 노래를 많이들 불렀다. '황성 옛터', '고향초', '타향 살이', '눈물 젖은 두만강', '목포의 눈물', '목포는 항구다' 등이었다. 그들은 노래에서 '오늘을 위해서 잃어버린 젊음을 아쉬워 함', '고생하던 것을 돌아다 보며 아픈 추억을 감미롭게 되새김질함'을 보였다.

"우리는 아직 젊었구마. 올해의 세월만큼 얼굴이 펴져 있고, 고생하던 대가로 올해를 맞이하였습니더. 능금 농사, 자식 농사가 다 잘 되고 있습니더. 그러니 즐거운 노래를 합시더."

서윤락 씨가 이렇게 말한 후 '빈대떡 신사'를 선창하고 다른 사람들은 따라했다.

그러더니 '오동동 타령', '청포도 사랑', '앵두나무 우물가' 등이 노래의 주류를 이루었다.

그들은 밤 두 시까지 연회를 계속했다.

양조장 술을 맛보며, 종규가 가져다 나른 고기와 떡을 먹던 '능금꽃 클럽' 학생 아이들도 열한 시 반이 되자 집으로 돌아갔다.

과수원의 전성기의
후반부에서의 일들

그 다음해에도 지난해와 거의 맞먹는 사과 풍작을 이루었다.

바로 지난해 향우, 창호, 경성 등이 고등학교 1학년이 되었을 때 서종희는 고등학교 3학년이 되었다. 창호와 향우가 생각한 대로, 종희와 경성이 함께 고등학생이 되었을 때는 문희는 경성을 비교적 성의 있게 대해 주었다. 여름날 종희와 경성은 모터가 뽑아 올린 물이 흐르는 수로에서 상대방의 얼굴에 물을 끼얹는 등 물장난을 했다. 그러나 경성은 종희가 결별의 날이 오기 전까지 특별히 신경을 써서 경성을 서운하게 만들지 않으려는 의식적인 노력을 기울인

다는 것을 알아챘다. 그 점이 오히려 경성을 쓸쓸하게 만들
었다. 하지만 경성으로서는 어쩔 수 없었다.

아니나 다를까, 이듬해 종희가 K대학교 사대 영어교육
과에 들어갔을 때는 노골적으로 경성에게 거리감을 두고
쌀쌀하게 대했다. 종희는 고등학생 모자 자체를 싫어하는
눈빛으로 바라보는 것 같았다.

경성은 GS고교에, 향우와 창호는 KB고교에 합격했었
다.

2학년이 된 경성이 오랜 번민 끝에 종희를 단념하고, 교
회에 나가기 시작하면서 SM여고 1학년인 이순정을 꾀어
냈다.

*경성과 순정

경성이 고교 2학년이던 해 경성과 순정이 남몰래 사귄
그해 10월이었다. 만나기 시작한지 5개월째 되었다. 저녁
시간 그들은 동변강 위 구름다리를 걷고 있었다. 바람이
한결 소슬해져 있었다. 강물 속에 조각달이 일렁이고 있

었다. 희미한 달빛 아래 들어난 순정의 얼굴은 달 덩어리 같이 환했다. 좀 지나치다 할 만큼 순정은 청신한 건강미가 있었다.

그들은 구름다리 중간쯤 왔다.

"손잡이를 잡지 않으니 무섭네예. 강물에 떨어질 것 같아예."

"남자 친구가 함께 있는 한 괜찮대이. 너른 어깨와 억센 팔과 수영 실력이 있으니까."

"수영 실력이라고예? 그러면 강물에 떨어질 수 있다는 말이네예."

"떨어지지도 않지. 구름다리는 빈틈없이 튼튼하게 만들어졌제. 케이블카보다도 안전하지. 케이블카는 쇠로 만들어졌으니 강에 떨어지면 가라앉을 수도 있제. 그러나 구름다리는 뗏목으로도 이용할 수 있지."

경성은 갑자기 다리로 굴러 구름다리가 쿨렁거리게 했다.

"그러지 말아예. 정말 다리가 끊어지겠네예. 무서워예."

경성은 흔들거리게 하던 동작을 멈추었다. 사위가 조용

해졌다. 경성은 조용히 홀로 읊조리듯 말했다.

"이순정 님을 만난지 5개월째가 되는 지금 나는 행복감을 느끼고 있지. 진정 여자를 사귈 때는 연하의 여자를 만나야 한다는 점을 깨달았지. 오빠로서 그리고 남자로서 대접을 받으니까."

"'양'이나 '씨'가 아니고 '님'이라고예? 어른들이 들으면, 조막 만한 것들이 별별 존칭을 쓰고 놀고 있네ー라고 하겠어예."

"'님'자가 '씨'자보다 더 자연스러운 농담 투 같아서……."

"오빠, 서종희 언니를 좋아한다는 소문 좀 들은 바 있어예. 남자로서 순정파라고 느껴졌어예. 왜 지구 반대편 끝까지 따라간다고 하지 않았어예?"

"놀리는 건가?"

"아니지예. 그 반대이지예. 갑부 집 아들이고 성격이 활달한 오빠도 그런 면이 있었구나."

"앞으로도 계속 갑부가 될 수 있을까ー하는 점은 좀 불투명해졌지. 거액을 투자한 이 구름다리도 본전을 뺄 수 있을까, 하는 점은 미지수이지. 손님은 적고 전기는 계속 들어가니까. 벌써 오래 전에 설치한 두 개의 케이블카도 아직 본전을 뽑지 못했지. 유식하게 말하면, 투하 자본을 회수하기가 무척 어렵지."

그들은 구름다리를 다 건너서 건너편 강변으로 갔다. 그리고 30분간 보트를 탔다. 그리고는 케이블카를 타고 강둑으로 다시 돌아왔다. 경성은 입선동 A교까지 순정을 바래다주었다.

순정은 집이 있는 언덕길을 내려가면서 생각했다. 경성 학생은 무엇 때문에 내 마음을 끄는 것일까? 돈을 아낌없이 펑펑 쓰기 때문에? 전혀 아니다. 돈을 쓰며 학생 신분에 맞지 않는 행동까지 한다. 외모 때문에…? 그 점도 있다. 그러나 약간 바람기가 얼굴에 묻어 있다. 또한 얼굴에 배어 있는 착실함 때문에? 그렇다. 또한 여자를 존중하는 태도가 길들여져 있고 일종의 기사도를 발휘하기도 한다. 그러한 점들로 인한 믿음성이 있다. 그리고 말쑥함과 앳된 맛이 있다.

*향우와 성희

향우와 경성은 강둑에서 만나서 강 상류 쪽으로 거슬러 오르는 방향으로 거닐었다.

"경성아, 나도 너처럼 되어 버릴지 걱정이다. 나는 성희 누나를 좋아한다. 몇 년 전에 서울서 내려와서 이제는 K대 1학년이지. 성희 누나는 나에게 장난을 치고 놀려먹는다. 날더러 진짜 학자 타입이라 그런다. 그리고 내가 역대 동변 출신 가운데 최고의 수재라고 붕 띄운다. 그런가 하면 내가 늦게 집에 들어오면, 너 연애하다가 이제 오는 거지?—라고 놀린다. 참, 사실은 성희 누나하고 연애하고 싶은데 말이야."

"니는 '공부'가 무기로구나."

"아니야, 공부만으로 여자를 사로잡을 수는 없을 거다. 나는 음악 성적이 뛰어나고 노래를 잘한다. 까다로운 음악 선생이 지어 준 별명이 '테너 가수'다. 노래 실력으로 그 누나를 녹여 버리는 수밖에 없다."

"향우야, 니가 말한 대로 성희누나는 너에게 장난을 치고 놀려먹은 것에 지나지 않는다. 상대하기 쉬운 여자로 향하여 눈을 돌려 봐라. 나의 체험에서 나온 말을 잘 들어라."

"장난을 진실로 만들어 버릴 연금술사 같은 사람은 없을까? 사랑의 묘약 같은 것은 없으며⋯⋯?"

1학년인 향우는 여름 방학을 맞았다. 그의 집과 사료 상회는 동변의 중심지인 검상1동에 있었고, 골목을 사이에 두고 K대학교 1학년인 정성희의 집과 연사 공장이 있었다. 향우의 집 앞 국도변에 평상이 있었고 성희의 집 앞에도 평상이 있었다. 성희의 집 안 감나무 아래에도 평상이 있었다.

연일 폭염이었다. 저녁이 되자 향우는 집에서 나와 자신의 집 평상에 앉았다가 성희의 집 앞 평상으로 갔다. 그 평상 위에 한 권의 책이 있었기 때문이었다. 그 책은 니체 전집 제3권이었다. '짜라투스트라는 이렇게 말했다'와 '우상의 황혼' 두 작품이 실려 있었다. 책을 펼쳐 보았다. 소위 '알조 슈프라흐 짜라투스트라(Also sprach Zarathustra)'의 번역판은 아주 작은 활자로 349면이나 되었다.

제1부 첫부분은 이렇게 시작되었다.

"짜라투스트라는 나이 30이 되었을 때, 고향과 고향의 호수를 떠나 산속으로 들어갔다. 여기서 그는 스스로의 정신과 고독을 즐기면서 10년 동안이나 조금도 권태를 느끼지 않았다. 그러나 마침내 그의 마음은 변하고 말았다."

제4부 끝부분은 이렇게 되어 있었다.

"자! 사자는 왔다. 나의 자식들은 모두 가까이 있다. 짜라투스트라는 성숙해졌다. 나의 때는 왔다. 지금이야말로 나의 아침인 것이다. 이제야 나의 낮이 시작되는 것이다. 솟아올라라! 그대, 위대한 정오여! ……(생략)……"

잠시 후 인기척이 들렸다. 향우가 앉은 채 돌아보니 정성희였다.

"안녕하세요? 성희 누나."

"향우로구나. 오랜만이야. 무척 더워서 평상으로 나왔구나."

"그래요, 성희 누나."

"그래, 성희 누나—라고 해라."

"좋아요. ……그래, 성희 누나. 그런데 성희 누나는 대학 전공 무슨 과지?"

"독어독문과야. ……낮에 무척 후텁지근했는데 어떻게 보냈지?"

"'세계 문학 전집'을 읽었어."

"어느 작품?"

"릴케의 『말테의 수기』였지."

"정신 집중이 잘 되나 보네. 그 작품은 정신을 집중하여 좀 빨리 읽지 않으면 산만해지고 재미가 없는데."

"별 문제 없이 읽어 치웠지. 중학교 때에도 어려운 책을 얼마간 읽어 냈었지. 그런데 이 책은 성희 누나가 읽던 거지? 이 책은 아주 재미 있는 내용이라는 얘기를 들었었어."

"그래, 내가 읽던 거지. 쇼펜하우어와 니체는 어렵지 않고 좀 재미가 있어."

"니체를 좋아해?"

"천만에! 진정으로 좋아하지 않아. 쇼펜하우어를 읽으니 인생이 너무 처절하게 느껴졌어. 니체를 읽는 것은 그것의 극복을 위한 것이었지. 쇼펜하우어와 니체 둘 다가 음악에 대한 조예가 깊더군. 쇼펜하우어의 철학 저서에 악보가 그려져 있고, 니체는 독창적이었지만 쇼펜하우어의 논

조를 많이 활용했더라. 철학 이론도 나이를 먹어감에 따라 그 채도彩度가 바뀌어져 가는 것이 아닐까? 그 채도가 갈수록 바래져 가는 게 아냐? 생리적 나이와 환경의 변화에 따라 가치 기준도 바뀌고. 늙어서 죽음을 앞두고 '시장의 파리떼"니 뭐니 운운하지는 못할 것 아냐? 니체의 '초인'도 50대가 되어 죽음이 보이면 별수 없을 것 같은데……. '인체 생리학'이 더 유용한 것은 아닐까?"

"누나, 누나는 외모와 어울리지 않게 현실주의자인 것 같아. 아니면 지나치게 철든 것 같아."

"20대는 취직하느라고 우왕좌왕하고, 한국인 평균 수명이 60대여서 50대 중반이 되면 죽음이 보이고 하니까, 내 면적으로 '초인'이라 할지라도 그 '초인'을 누릴 시간은 30대 정도에서 50대이니까 사실상 그 시간은 25년밖에 안 될 것 아냐? 그걸 위해 철학한다는 것은 낭비이며 허망한 것만 같아."

"누나, 생각해 보니 참으로 그런 면이 있어. 그런데 나를 포함해서 인간이 지향하는 것은 영원이야. 그리고 나는 염세주의자는 아냐."

"그러면 향우는 인생무상론자이겠구나."

"그런지도 모르지. 어떻게 살다 보니 스무 살에 가깝도록 늙어 버렸어.

"너 정말 학생 늙은이로구나. 애인은 할머니로 해야 하겠다."

"뭐, 할머니?"

"그래, 할머니로 구해 봐라."

"성희 누나, 아니. 성희 할머니, 그거 진정으로 하는 소리야?"

"뭐, 성희 할머니? ……으흠, 먼저 한 내 말은 농담이었지. 취소하지."

"취소 안 해도 좋아. 나는 할머니 애인을 구해야 하고, 성희 누나는 할머니이니까 성희 할머니를 애인으로 취하지."

"에이, 이 못된 학생, 뼈 있는 농담을 하는구나. 그래, 40년 후에 내게로 와. 할머니 애인이 되어 줄 테니까."

국도로 차가 몇 대 지나갔다. 가냘픈 바람이 일었다. 향우는 혼잣말하듯이 중얼거렸다.

"그때는 내가 오히려 금 값일 걸."

"입을 움직이기만 해도 더운 날씨로군. 우리 이러고 있을 게 아니다. 강 건너 바람 쐬러 가자. 강물도 만지고."

"그래, 좋아. 말만 들어도 숨통이 트이는데."

그들은 일어나서 걸었다. 검상1동 유원지 입구 계단을 올랐다. 둑을 동쪽으로 걸어서 강 상류 쪽으로 거슬러올라 갔다.

"케이블카를 타는 것이 좀 시원할 게다."

성희는 그러면서 케이블카 편도 표를 끊었다. 고객 네 사람이 되자 케이블카는 출발했다. 창문으로 들어오는 바람은 얼마간 훈기를 머금고 있지만 그래도 숨통을 트게 해 주었다. 케이블카가 강 건너에 닿자 계단을 내려가서 자갈길을 걸었다.

"누나, 혹시 술 마실 줄 알아?"

"그래, 조금……. 문학가 지망생이니까. 원래 안 마셨는데 아버지가 가르쳐 주셨지. 그런데 향우는 노래를 아주 잘하데. 집에서 노래를 할 때는 우리 집 공장 기계 소리를 뚫고 다가오던데. 어린 애 잠 깨운다고 고함치는 아줌마 소리가 더 시끄럽지."

"알아 줘서 고마워. 성희 누나, 오늘 한번 정식으로 들려 줄까? 한두 곡만……. 이왕이면 강물 위 구름다리 위에서……."

"나를 위해서……? 그래, 좋지. 그렇지 않아도 노래를 시키려고 했어."

"성희 누나, 내 노래 값은 비싸."

"그래, 알고 있어."

그들은 강물에 다리를 담그고 꽤 오랫동안 몸을 식혔다.

그들은 구름다리로 올라갔다. 그들은 한참 동안 걸었다. 둘 외에는 통행하는 사람이 없었다.

향우는 발로 밑바닥을 굴렀다. 구름다리가 쿨렁거렸다.

"아이, 무서워. 쿨렁거리게 하지 마."

"구름다리는 아무리 흔들어도 끊어지지 않아. 그렇게 설계되고 제작되었어. 그래, 쿨렁거리지 않도록 하지. 성희 누나, 거기 손잡이를 꼭 잡고 앉아서 노래를 들어."

향우는 손잡이를 잡고 서서 노래를 불렀다. 먼저 "우나 푸르티바라그리마……"하며 도니제티의 '남 몰래 흐르는 눈물'을 불렀다.

노래가 다 끝나자 성희가 박수를 쳤다.

"노래가 진정 진실함이 담겨 있고 감미로워서 구름다리의 무서움이 싹 달아나고 있어."

다음에 향우는 '마리우, 사랑한다고 말해 주오'를 불렀다. 향우는 '마리우' 대신에 '정성희'를 마음속에 끌어넣고 애절하면서도 장난기를 섞어 노래했다. 노래가 다 끝나자 성희는 박수를 치며 말했다.

"앞 곡보다는 쉬운 것 같은데 역시 실력과 기교는 대단하네."

그 다음에는 우리 가곡 '동심초'를 불렀다. 맑고 부드럽고 필요한 부분에 와서는 새털같이 가벼웠다.

노래가 끝나자 성희는 박수를 쳤다.

"노래의 난이도와는 관계 없이 갈수록 좋은 목소리의 진면목이 드러나네. 음악 학교로 안 간 것이 유감인 것 같구나. 아니, 대학은 음악 분야로 진학하지. ……앙코르! 꼭 한 곡만……"

"미안해. 그만 부르겠어. 저기 구름다리를 걸어오는 사람이 있거든. 그런데 도내에서 테너의 제일인자인 까다로운 선생님이 준 내 노래 실기 점수는 95점이었어. 목소리의 재능까지 갖추어진 것은 불행이라고 말씀하셨어."

"이해할 수 있어. 오히려 목소리는 좋지 않은 게 좋았을 텐데. 그 미성의 노래는 그냥 보통 말하는 특기 정도가 아니거든. 좋아, 앙코르는 다음으로 미루자."

그들은 구름다리를 걸어 집으로 돌아갔다.

방학 동안 그들은 거의 매일 만났다. 성희의 집 앞 평상에 그녀가 없으면 향우는 쓸쓸함과 허전함을 느꼈다.

그들이 만날 때 향우는 성희로부터 문학과 철학에 대한 이야기를 많이 들었다. 나중에는 문학에 대해서 토론을 벌였다. 성희는 향우가 조숙하고 혜안을 가지고 있음을 역력히 감지했다. 음악 특히 기악에 대해서는 나이가 위인 성희가 딸렸다.

"음악을 들을 때는 형체를 느낄 수가 없더라. 즉 형상形狀을 상상할 수가 없더라. 그게 문학도에게는 미술에 비한 음악의 약점이야."

"그럴 수밖에 없잖아. 쇼펜하우어의 말대로 음악은 소리로써 세계를 표현하고 있어. 이건 거창한 표현이 아니야.

문학이 언어로써, 미술이 색채와 선으로써 대상 즉 세계를 표현하고 있는 한, 음악이 고해와 낙원인 세계를 소리로써 표현한다는 말은 정당해. 소리를 표현하는 악기 수는 부족한 게 아니야. 오히려 문학과 미술의 수법을 능가하고 있지. 그런데 문학과 미술이 소리를 상상할 수 있듯이, 반대로 음악은 형상을 상상하도록 해. 음악도 형상의 기호·언어가 될 수 있어. 인상주의 음악에서 물결의 흔들림, 파도의 출렁거림, 그림자가 표현되고 있어. 서곡, 전주곡, 간주곡에서, 그리고 교향시에서, 표제음악에서 충분히 형상을 감지하도록 하고 있어. 표제음악으로서의 교향곡에서도 물론 형상을 상상할 수 있지. '전원 교향곡', '환상 교향곡'만이 아니지. 순음악에서도 형상을 상상할 수 있어. 베토벤의 7번 교향곡 2악장에서 시련을 겪는 자의 눈 속의 걸음과 발자국을, 브람스의 교향곡 4번 1악장에서 고뇌하는 자의 호흡과 탄식의 모습을, 차이코프스키의 바이올린 협주곡 2악장에서 자욱히 안개 낀 산골 마을을, 라흐마니노프 피아노 협주곡 2번 1악장에서 여름날인데도 우수수 낙엽지는 모습을, 시벨리우스의 바이얼린 협주곡 2악장에서 독립투사의 눈 속에서의 와신상담 모습을 각각 형상으로 상상할 수 있지. 주관적 상상에 의한 형상일 수도 있어. 이 점은 지휘자들도 인정하고 있어. 문학도로서 형상의 상상을 포기한다는 것은 커다란 손실이라고 할 수 있지 않을까?"

"그렇겠군. 하지만 지금 나이로 음악을 새롭게 배우지는 못할 것 같아. 어릴 때부터 훈련을 했어야 된다고 생각되는데."

"그렇지 않아. 지금부터라도 시작하면 돼."

"그럴까? 다 자라 버린 지금도 음악 듣는 건 중노동 같은데."

이틀 후에 그들은 평상에서 만나서 함께 강으로 갔다. 건너편 강변으로 가서 보트를 탔다. 그들은 배 안에 앉자, 수통에 담아 온 얼음물을 교대로 마셨다. 그리고는 향우는 노를 젓고 성희는 강물에 손을 넣었다. 강물은 썩 차지는 않았지만 얼마간의 시원함은 배어져 있었다. 노를 젓는 향우는 휘파람을 불렀다. 그리고 나서, Sul mare lucccica l'astro d'argento—하며 적은 소리로 '산타 루치아'를 불렀다. 그 노래 끝 무렵 성희가 입을 열었다.

"어때? 강물 안에 들어오니 성대가 시원해졌어? 오늘 소음악회를 하자. 그리하려면 성대 보호에 안 좋은 작은 발성을 끄고 목을 아껴야지."

"괜찮아. 이탈리아 가수들도 말하자면 '미 지상주의'를 지향하여 성대 보호에 안 좋은 팔세토 내지 두성발성을 심하게 하는 경향이 있어. 바로 현존하는 최고의 미성 테너인 쥬제페 디 스테파노부터 그래."

보름달에 가까운 달이 보트 앞 물 위에서 찢어지는 원의 모양새가 되어 일렁거렸다. 또한 하늘을 찌르던 키다리 포플러들이 약간 어두운 회색이 되어 강물에 담겨져 일렁거렸다. 강가 나무에 앉은 매미들이 불빛을 햇빛으로 착각한 듯 갑자기 노래를 터뜨렸다.

강 하류로 멀리 갔던 그들은 보트 선수를 상류 쪽으로 돌렸다. 보트는 한참 만에 출발점으로 돌아왔고 그들은 강변에 내렸다.

그들은 장대로 밀어서 가는 나룻배를 탔다. 나룻배는 강둑에 한참 못 미치는 곳에 닿아 사람들을 내리게 했다. 그래야 상류 쪽 늪지로 갈 수 있게 해 준 것이다. 그들은 내려서 상류인 늪지 쪽으로 걸었다. 늪지에는 수초가 자라나 있었고 그 한쪽 가장자리를 갈대숲이 보듬고 있었다. 성희는 그 늪지에서 조금 떨어진 잔디 위에 앉았다.

"아름다운 얼굴, 오묘한 조화, 정열. 그러나 금지된 노래. 그러나 참고 있을 수 없다. 그 여자에게 내 말 전해 주오. 그리고 물망초ㅡ날 잊지 마시오."

"그게 무슨 말이야? ……아, 알겠다. 노래 제목을 마치한 곡의 노랫말처럼 엮은 것이구나. 왜 그렇게 엮었지?"

향우는 웃음 지으며 장난조이면서도 수줍어 하며 말했다.

"그런 건 묻지 말아 줘. 자, 시작한다. 먼저 '바기시마셈비안자ㅡ아름다운 얼굴.'

리리꼬ㅡ레지에로(서정적이면서도 경쾌함)의 성대에 맞는 전형적인 노래를 향우는 곡예 하듯 불러냈다. 향우는 노래에 너무 열중해 있어서 성희의 박수 소리도 제대로 듣지 못했다.

"다음은 토스카 중에서 '오묘한 조화'."

향우는 신선한 감탄을 연발하듯이 노래를 풀어나갔다.

세 번째 곡은 이탈리아 칸쪼네 '정열'이었다.

네 번째 곡은 '금지된 노래'였다. 일정한 곡이 그에게는 금지된 것을 한탄조로 내뻗치는 것 같은 노래였다. 노래하는 심리적 내면은 연하의 향우가 연상의 성희에게 부를 수 없는 노래를 참지 못하고 한탄하고 반항하며 부를 수밖에 없다는 것이었다.

'금지된 노래'가 끝났을 때 성희의 박수는 크고 열렬했다. 이 곡만 박수가 크고 열렬한 것이 아니라 다른 곡들도 그 박수가 맥시멈에 이르고 있었다는 것이 어렴풋이 기억되었다.

"성희 누나, 네 곡이면 됐어. 그만 부르겠어."

"왜?"

"자꾸만 떨릴 것 같고 부자연스러운 것 같아서…"

"안 떨리던데. 소비자는 왕이라지만, 시청자인 소비자는 왕이 아니야. 무대 위에 선 가수가 왕이야. 쑥스러워 할게 아니야. 가수는 왕으로서 무대를 빛내야 하지. 그리고 가수는 소비자의 심리를 잘 꿰뚫어 볼 줄 알아야 하지. 소비자는 노래를 더 먹고 싶어 해. 취하고 싶어 하지, 술일 수도 있고 마약일 수도 있는 노래로 말이지. 흥분의 정상 궤도에 올려놓고 중단시킨다는 것은 왕으로서 할 일이 아니야. 그러면 앙코르 두 곡만 더 불러. 앙코르, 앙코르……"

향우는 늪지를 바라보았다. 수초 위에서 반딧불이가 휘돌며 춤을 추고 있었다. 그 광경은 꿈속같이 느껴졌다. 그렇다. 정성희를 끌어들이기 위해서 자신감을 갖자. 무대와 객석을, 또한 이 늪지를 지배하자.

"다음 곡은 '제비는 돌아오건만'……"

제목 그대로 봄이 되어 제비는 돌아오지만 연인은 소식이 없다는 노래 내용이었다. 여전히 성희는 박수에 신경을 쓰고 '앙코르'라는 소리를 외쳤다.

"이번에는 '그 여자에게 내 말 전해 주오.'……"

많은 기교를 요하는 곡이었다. 그리고 애끓는 가슴으로 표현해야 했다. 그리고 곡 자체가 시고 맵고 짜고 한 칸초네였다. 노래가 끝났을 때 성희의 박수 소리가 가장 오래갔다.

"향우, 즉 고향 친구! 여섯 곡이나 불렀어. 미안하지만,

약속을 깨고 앙코르 딱 한 곡만……. 이대로는 일어서지지가 않아.”

“좋아, 더 이상은 안 돼. 마지막으로 ‘물망초’……”

이 곡을 부르는 향우의 목소리는 좀 과장하면 마치 녹아내릴 듯이 소프트한 아이스크림 같았다.

그들은 드문드문 있는 늪지의 곁을 스치며 걸어서 강둑에 올랐다.

그들의 교제는 깊어갔다.

그러나 향우는 일단 공부에 손을 대면 냉정해졌다. 언제 성희를 보았냐, 하는 식이었다. 가을이 가고 겨울이 깊어졌다. 그리고 겨울 방학이 시작되었다. 그 기간 동안 많은 시간을 향우는 성희의 방에서 그녀와 함께 보냈다. 성희의 방에서 전축을 틀어 함께 음악을 들었다.

향우는 2학년이 되고 다시 여름 방학이 되고 하는 동안 한 번도 반 60명 중 1등을 빼앗겨 본 적이 없었다.

성희는 이성으로서 향우를 얼마간 좋아한다는 자각 증세를 느끼게 되었다. 그녀의 향우에 대한 장난이 진실의 애정으로 바뀌어 버렸음을 그녀는 스스로 놀라면서 받아들이지 않을 수 없었다. 무엇보다 향우의 조숙함과 깔끔함이 마음에 들었다. 그리고 향우의 얼굴보다 목소리를 아주 좋아했다. 그녀는 향우가 성희의 여성임으로 인한 미분화적인 일종의 육체적 매력을 느끼는 것을 관찰하게 되었다. 그러한 매력을 느끼는 것에 대해 반응하는 반사 작용이라는 것이 있기 마련이다. 성희는 그녀의 무의식 속에 갇혀져 있지만, 마치 아기를 좋아하듯이, 정서상으로 귀여움에 쉽사리 애착이 가서 상대에 대해 원시적이고 바로 '미분화적'인 청년의 매력을 느끼게 되었다. 하기는 중학교 여선생이 제자 중학교 3학년 학생에 대해 연정을 가지게 되어 통정한 사례가 신문에 기사화 되지 않았는가. 성희도 그 기사를 읽었다. 그리고 헤르만 헤세의 아내가 9세 연하의 남편(헤세)을 받아들였던 실례가 떠올랐다. 한편 어느 방송국의 아나운서가 13세 연하의 남편을 받아들여 20년 동안 상당한 정을 지니고 살고 있음이 상기되었다. 진정 그녀는 '귀여움'을 '사랑스러움'으로 변환시키는 능력의 소유자로 생각되었다. 그리고 성희와 향우의 연령 차이는 3세밖에 안 되어 평형감각을 잃고 있지는 않다. 성희는 향우라는 구체적 대상을 떠나서 생각하여, 일반적으로 연하의 남성은 성적 관계가 있을 때 연상의 여성에게 만족감을 주지 못한다는 책의 내용을 일축할 정도였다. 여기서 '일축할 정도'에 대하여 생각해 보자.

ㅇ 힘이 넘쳐서, 여력이 있어서 '무시하다', '버리다', '누르다'—의 의미와는 다르다.

ㅇ 그렇다고 해서, '성스럽다', '숭고하다'—라고 종교적 의미로 변호할 정도는 아니다. 성희는 '범속한' 점도 있으니까.

ㅇ 그리고 인체생리학적·의학적 의미와 관련하여 '미성숙하다', '무지하다', '부적응이다'—와는 상당한 거리가 있다. 성에 대하여 성희는 얼마간 배운 지식이 있으므로.

ㅇ 하다 못해 '선량하다', '금욕적이다'—라는 도덕적 관념으로도 풀 수가 없다.

ㅇ '정신건강의학적'으로 보아 얼마간 이해되는 관념으로 접근해 갈 수는 있기는 하나 절대적인 것은 아니다. 갖가지 자극이 심신을 공격해 오더라도 '완강히 받아들이지 않는다'는 의미 한 가지를 들 수 있다.

향우는 2학년 여름 방학 때 공부와 독서를 위하여 산속의 암자로 떠났다. 그런데 며칠 동안이나 K대 독어독문학과 학생인 성희의 모습이 머리 속에서 떠나지 않았다. 자꾸만 남자 대학생이 그녀를 가까이 접근할 것만 같은 상상이 그를 괴롭혔다. 그는 잠시 산속에서 내려왔다. 그리고 성희를 찾아갔다. 유리창을 경계로 도로에 접해 있는 마루(성희의 방 앞)에서 성희를 만났다. 성희는 어제가 그녀의 할머니 회갑일이었으나 음식이 다 떨어졌다 하며 꿀차를 내왔다. 꿀차를 다 마시고 향우는 아주 자연스럽게 말했다. "성희 누나, 산속에 들어가기 전 한 가지 빠진 게 있었어. 그래서 내려왔어. 성희 누나를 떠나기가 싫어. 키스하고 싶어."

"그래? 나도 향우의 노래를 뇌리에서 지우고 싶지 않아. 대학 1년생 누나라 그러지만 나는 2년 연상과 2년 연하를 그다지 대수롭게 생각하지는 않아. 솔직히 더 일찍이 이 말을 들려 주고 싶었어. 뭐, 키스? 그래 자, 키스해."

둘은 서로 끌어안고 오랫동안 부드럽게 키스했다.

성희는 그해 2학기부터 휴학을 했다. 11월이 되었다. 둘은 밤에 강변에 있었다.

"마지막 노래를 두 곡만 들려 줘 봐라."

"왜 마지막이야?"

"나중에 말하지. ……아니, '마지막이 될지도 모를'이라고 고칠까? 우선 노래부터 불러."

향우는 프랑스어로 '까르멘' 중 '꽃노래'를 불렀다. 차가워진 강물이 소리를 반사하는 듯했다. 다음에는 '마농 레스꼬' 중 '일찌기 보지 못한 미인……'을 불렀다. 이날 따라 성희의 얼굴은 고혹적으로 아름답기 때문이었다.

"나는 이제 아름답지 않아. 나는 폐결핵이야. 그것도 모르고 오랫동안 앓았어. 입원해도 죽을지 몰라."

"뭐, 폐결핵? 죽을지도 모른다고? 어쨌든 그래서 이렇게 얼굴이 아름답구나. ……아니야, 이대로 죽어서는 안 돼. 치료해서 반드시 나아야 해. 정신 차리고 힘을 내."

"힘을 낼수록 죽기 쉬운 병이야. 나를 위해 노래 많이 불러 줘서 너무 고마워. 잊지 않겠어."

"아니, 나아서 내 노래를 더욱 많이 들어야 해. 성희 누나가 없으면 내 노래도 죽고 말아."

"쉽게 나을 상태가 아니라고 한다. 안 돼. 노래가 죽어서는 안 돼."

12월이 되었다. 향우는 성희가 입원해 있는 K대학병원 입원실에 갔다. 꽃을 사 가서 물을 받은 병에 꽂아 주었다.

"강변에서 '꽃노래'를 불러 준 그때만 해도 살아날 실낱같은 희망이 있었는데……."

"아냐, 성희 누나, 반드시 살아날 수 있어."

"이제 가망이 없어."

성희는 기력이 쇠잔해져 있었다.

"여름이 오면 강변의 늪지로 나를 데려다 주어. 그리고 반딧불이 춤추는 늪 가 잔디에 나를 앉혀 주어. 그리고 노래를 듣게 해 주어."

"그래, 병은 꼭 나을 거야. 봄은 멀지 않고 이어서 빨리 여름은 올 거야. 그러면 강변 늪지에 함께 가. 그리고 활력과 환희가 가득 찬 '태양의 땅'을 불러 줄게."

"아니야. 겨울이 끝나기 전에 나는 떠나고 말 거다. 나의 향우에 대한 장난이 애정의 진실로 바뀌어 버릴 줄은 나 자신도 몰랐어. 평소에 3년 연상과 3년 연하는 대수롭게 생각하지 않았어. 조선의 아내들도 남편보다 연상이었어. 곁에 향우가 없으면 견딜 수가 없어. 내가 떠나간 후 강물에 노래를 뿌려 주어. 노래를 품은 강물은 죽지 않고 흘러갈 거다. 동변의 강물은 면면히 흐르겠지. 고요한 물결은 반짝이며 철렁거리며 노래를 반사하겠지. 내 영육의 재를 담은 채⋯⋯"

향우가 입원실에서 나온 그날 밤 성희는 세상을 떠났다. 그녀의 유언대로 그녀의 육신의 재는 동변 강물에 뿌려졌다. 향우는 그것까지 지켜보았다. 그는 마음속으로 울먹였다. 향우 즉 고향 친구인 나는 동변 토박이인 예쁜 여자를 얻고 싶어 했는데⋯⋯. 내가 동변에 온 후 아무도 죽지 않았는데, 정성희가 죽음의 1번 타자가 되다니! 돌과 바위는 태어나지 않았기 때문에 영원히 산다. 태어나는 인간도, 짐승도, 식물도 그 생명의 영위가 덧없다. 허사로 끝난다. 바람에 떨고 부대끼는 재로 끝난다. 그렇게 끝나게 하는 시간은 무심한가 하면 사정없고 매정하다.

한 처녀의 죽음에도 아랑곳없이 강물은 도도하게 철렁거리며 흘러가고 있었다. 그 위에 시간을 싣고 도도하고 면

면히 흐르는 강물은 강가에 서 있는 향우와 다른 사람들의

가슴을 아릿하게 했다.

쇠퇴기의 일들

*경성과 순정

이듬해 2월 말 저녁 시간이었다. 3월 중의 따뜻한 날처럼 포근했다. 경성과 순정은 강 건너 죽림원 대숲 뒤를 돌아 '얼음 창고'에 이르는 절벽 위를 걷고 있었다. 보름달은 아니지만 달이 밝았다.

지난 해 6월부터 데이트를 하기 시작한 그들은 달이 지날수록 교제가 깊어지고 친밀해졌다. 순정의 건강미 넘치는 희고 환한 모습과 발랄함을 경성은 좋아했다. 경성의 자신만만함과 믿음직함과 기사도가 엿보이는 태도와 말쑥함과 햄섬함을 순정은 시간의 흐름에 따라 점점 좋아하게 되었다.

그들은 입선1동 유원지 입구 위의 둑에서 만나 둑길을 걸어서 경성네 집 소유의 케이블카를 타고 강을 건너갔다.

'얼음 창고'에 이르는 절벽 위에는 전나무, 잣나무가 서 있었고, 철쭉나무와 진달래나무가 여기저기 달빛 아래 존재를 드러내고 있었다.

"오빠, 올해에는 고생 좀 해야 하겠네예. 무슨 대학 무슨 과를 지망하지예?"

"고생이라 할 거는 없제. 쉬운 과만 찾아갈 것이니까. 현재로서는 K대학교 문리과 대학 사학과로 마음먹고 있제. 후내년이겠지만 순정 씨는 무슨 과를 지망하려 하고 있나?"

"3학년이 되어 봐야 확실히 정할 수가 있지예. 하지만 어쨌든 여자로서는 가정학과가 무난하지 않을까예?"

"가정학과면 좋지."

"그럴까예?"

경성은 돋아난 작은 풀의 띠를 밟고는 말했다.

"벌써 돋아난 풀이 눈에 뜨이는군. 그런데 순정 씨의 부친은 동변에서 보이지를 않네. 어디에 계시제?"

"서울 삼청동에 계셔예."

"무슨 일을 하시제?"

"주식회사의 사원이지예."

"그러시구나. 동변에 보이시지를 않아서 좀 의아하게 생각했제."

"오빠 집안의 일은 잘 풀려예?"

"뭔가가 심상치 않게 돌아가고 있어. 두 대의 케이블카와 구름다리가 간신히 적자 운영을 면하고 있는 형편이야. 그런데다가 양배추를 심은 곳의 상당한 면적의 땅 토양이 안 좋아 양배추가 자라지 않아. 흙에 박고 있는 양배추의 뿌리가 작고 약한 기라. 이것은 큰 문제이지러. 인건비만 들어가고 있는 기지. 땅을 팔거냐 말거냐 하는 등 아버지가 중대 결단을 해야 하실 때에 이르렀어. 그리고 멀지 않은 훗날 내가 경제권을 물려 받아서 대수술을 해야 할지도 모르겠어."

"업종을 쉽게 바꿔서도 안 되는 것 아니라예?"

"그야 그렇지. 그런데 이제는 저쪽 동변 강물에 통통배가 뜨지 않고 있어. 우리 가문과 동변의 다른 부자들의 번영이 끝났다는 암시를 하는 상징적인 일만 같아. …… 발걸음 조심해. 절벽 끝이야."

어느새 그들은 '얼음창고' 절벽 위까지 와 있었다. 넓고 깊은 강물이 저 아래 내려다보였다. 몇 안 되는 낚시꾼이 밤낚시를 즐기고 있었다.

"정말 '얼음창고'까지 다 왔네예. 저기 밤낚시꾼이 보이지예?"

"나도 낚시하러 여러 번 와 봤었지. 밤낚시는 아니었지만. 더 이상 절벽 끝 가까이로 가지 말아. 위험하대이."

경성은 순정의 팔을 붙잡았다. 그리고 말했다.

"사랑이 있으면 어떠한 어려움도 헤쳐나갈 수 있지. 순풍에 돛을 달 수 있어. 우리 키스하지."

"그러면 오빠는 나를 결혼의 상대로까지 생각한다는 말인가예? 그건 좀 징그러운데예."

"벌써 나이가 몇인데 그런 소리를 하는 거지? 결혼을 생각하는 것은 일시적인 장난으로 만나는 것보다는 훨씬 건전하지.”

그는 그녀의 팔을 끌어당겨서 몸을 끌어안았다. 그의
눈 감은 말쑥하고 앳된 얼굴이 그녀의 청신한 얼굴에 다가
들었다. 두 입술이 마주쳤다. 한참 동안 키스는 진행되었
다. 그녀가 입은 털 쉐터의 보푸라기들이 그의 점퍼에 들
러붙었다.

“이십 년 묵은 도자기를 깼어예.”

“그러한 도둑이 되어서 나는 더욱 기쁠 뿐이야.”

그들은 왔던 길을 되돌아 걸어서 유원지 중심부까지 갔
다.

자갈밭에 모닥불이 타고 있었다. 그리고 그 부근에 포장
마차가 있었다. 약간 추워진 그들은 모닥불 가에 서 있다가
포장마차로 갔다. 그리고는 긴 나무 의자에 앉았다.

그들은 뜨거운 어묵을 먹다가 막걸리 한 잔씩을 시켰다.

“이 막걸리는 어느 양조장에서 만들어진 것인가예?”

경성이 물었다. 포장마차 주인이 대답했다.

“강 건너 동변양조장 술이지예.”

“그럼 우리 집 술이구나.”

경성은 그러면서 술 맛을 보듯이 한 모금 마셨다.

"이 학생이 바로 동변양조장 사장의 아들이지예."

순정이 말했다.

"아, 그런가예? 동변 막걸리가 맛이 최고지예. 그라믄 여학생은 동변양조장 사장 며느리감인가예?"

"아니라예."

순정은 불빛 아래서 얼굴을 붉혔다.

"맞아예."

경성이 말했다.

"내가 보기에는 달덩이같이 환하고 싱싱하게 생겨서 아무래도 그 댁의 맞며느리감 같은데예."

포장마차 주인이 말했다.

경성과 순정은 케이블카를 타고 강을 건너 둑길을 걸어서 입선1동 유원지 입구까지 걸어서 헤어졌다.

*향우와 윤숙

지난해 12월 성희를 떠나보낸 향우는 깊은 상실감 속에서 시간을 보냈다. 공부에 열중하지 않으면 그의 가슴은 시리고 허허로워졌다. 죽지 않은 자가 제대로 살려고 하면 사자를 망각해야 한다. 하지만 망각하는 것은 사자에 대한 푸대접이다. 이것은 자기모순이다. 향우는 이것을 두고 괴로워했다.

그러나 그런 채로 시간은 흘렀다.

향우는 성희의 유언대로 늪지가 있는 강가에서 강물에 노래를 뿌렸다. '수선화', '물망초', '꽃노래' '남 몰래 흐르는 눈물……' 강물은 노래를 받아서 물속 깊이 소리의 일정량을 가라앉히는가 하면 성량의 일정량에 해당하는 노래를 싣고 유유히 흐르는 것 같았다.

이듬해 2월이 되었다. 슬픔의 채도彩度는 좀 묽어졌다.

3월이 되니 슬픔과 그리움의 두께는 상당히 설핏해졌다. 그러나 다른 여자를 보면 자신도 모르게 외면했다.

4월이 되었다. 학교에서는 대학 입학시험 준비 지도가 본격화되었다. 향우는 비교적 가벼운 마음가짐으로 학교 지도를 따라갔다.

그런데 향우는 이상한 상황에 처하게 되었다.

매일 등교 길에 버스를 타고 가면 A교 인도를 홀로 걸어서 건너는 여학생이 있었다. 교복과 두발 차림으로 보아서 TG여고 2학년이었다. 그런데 버스가 그녀 곁을 스쳐갈 때 자세히 보니 그녀의 눈과 눈빛이 성희를 닮아 있었다. 더욱 자세히 보니 그녀는 이순정의 친구로서 지난 날 가끔 벚꽃나루터에 나타나던 최윤숙이었다. 향우가 오랫동안 보지 않아서 그동안 얼굴이 달라져 있었는데, 말하자면 얼굴에서 복숭아 털을 벗어 버린 거의 완벽한 미모가 되어 있었다. 이제는 건강미 넘치는 순정을 능가하도록 변해 있었다.

　향우는 검상동 정류장에서 탈 때 버스 안 앞쪽 오른편에 손잡이를 잡고 서 있었는데, 몇 번씩이나 같은 시각에 윤숙은 A교 인도를 홀로 걷고 있었다. 그런데 그 모습이 몹시 고독해 보였다. 그리고 고독 자체를 즐기는 모습이었다. 거기다가 성희를 닮은 눈빛까지 합해서 향우의 가슴을 아리게 했다.

　어느날 향우는 두 정류장을 타고 가서 A교 입구에 내렸다. 조금 있으니 윤숙이 A교 입구에 나타났다. 윤숙은 같은 검상1동에서 두 정류장을 걸어서 A교 입구에 나타난 것이었다. 윤숙이 도로를 건너 다리 초입에 이르자 기다리고 있던 향우가 눈인사를 하며 말했다.

"어디까지 걸으시죠?"

"그거 알아서 무엇 하시려고예?"

윤숙은 차갑고 매정했다.

"최윤숙 씨, 너무 불친절한 것 아닌가요? 이쪽도 얼마쯤 걸어야 하기 때문에 물어 봤어요."

"다리 건너까지 걸어예. 거기서 학교로 바로 가는 버스가 있기 때문에……"

"이쪽도 그 버스를 타면, 좀 둘러가지만 버스에서 내려 걷는 거리가 상당히 줄어들지요."

"김향우 씨, 가까이 따라오지 마셔예. 남들 눈이 있으니까. 그래서 소문이 나예."

"너무 쌀쌀맞지 않은가요? 같은 국민학교 1년 후배이고 같은 동변에 살면 오빠 대접을 해야 하지 않는가요?"

"국민학교 1, 2년 선후배라면 맞먹는 게 아닐까예. 같이 성년이 되어 가면서 말이지예. 교회에도 나오지 않으면서 말입니다."

"알았어요. 먼저 가세요. 이쪽은 한참 기다렸다 갈 테니. 그런데 앞으로 또 만나지거든 좀 온정 있게 대하세요."

그 다음날부터 향우는 검상동에서 아예 버스를 타지 않고 걸어서 다리 건너 효몽동까지 걸었다. 시간 계산을 하여 윤숙보다 조금 먼저 집에서 출발했다. 그리고 강 건너 효몽동에서 윤숙이 다리를 건너오는 것을 보고야 버스를 탔다.

며칠이 더 지났다. 이번에는 향우는 입선동 다리 초입에서 걷지 않고 기다렸다. 잠시 후 윤숙이 나타났다.

"오늘은 만나지네요."

"요즈음에는 검상1동 집에서부터 걷는다 카데예. 솔직히 말해 보셔예. 이쪽을 만나기 위해서인가예, 아니면 다른 이유에서인가예?"

"겸사겸사해서이지요. 그러나 가장 큰 이유는 만나보기 위해서이지요."

"열의가 대단하시네예. 그래서 이제는 불친절하게 대하지 않기로 했지예. 그런 식으로 등교를 하면 걷는 거리가 더 길어질 텐데예. 동변에서 걷는 거리도 계산해야 하지예.

버스도 빙 돌아서 가고예."

그들은 인도로 나란히 걸었다.

"그 대신 운동도 되고 강 바람이 시원해서 좋지요."

"혹시 이쪽이 버스비가 아까워서 걷는다고 생각해 본 일
이 있나예?"

"그렇게는 생각하지 않았는데요."

"걷는 시간이 줄어드는 데다가 버스비도 절약되는 건 사
실이지예."

"남의 시선을 두려워하지 않는 것은 좋은 일이지요. 겨
우 세 정류장을 걷는 걸 두고 남이 이러쿵 저러쿵 말한다면
그게 잘못이지요. 허례허식이기도 하고."

"우리집은 가난하지도 않고 인색하게 살아가지도 않아
예. 허례허식이나 하며 살아가지도 않지만. 참, 그런데 김
향우 씨는 공부를 잘한다고 카데예. 모아 놓은 수재 중에서
도 전교 몇 등을 한다면서예? 역대 동변 출신 가운데에서
최고의 수재라면서예?"

"그건 그래요."

"하지만 공부를 잘한다고 해서 어느 여자이든지 건드릴

수 있다고 우쭐댄다면 큰 오산이라예."

"이쪽이 언제 우쭐댔나요?"

"우쭐대지는 않았더라도 자신만만해 하고 있는 것 같은데예. 세상을 떠난 성희 언니에게까지도 접근해 갔다면서예?"

"뜬소문일 거요."

그러면서 향우는 생각했다. 이 여학생은 눈의 생김새와 눈빛이 성희와 상당히 닮아 있다. 눈의 생김새가 특이하게 귀엽다. 많은 사람이 눈의 바깥쪽이 찢어져 있는데, 이 여학생은 양쪽 바깥쪽이 둥글다. 귀엽게 둥근 것이 아무래도 특이하다. 그리고 소망하는 바를 염원하고 갈구하는 눈빛이다.

"이쪽은 중학교 3학년 때 순정이하고 공부한다 합시고 온갖 잡념에 빠져 있다가 KV여고 입학시험에서 낙방하고 후기 모집으로 갔어예. 생각하면 화가 나예. 머리가 나쁘지 않아예. IQ가 143이라예. 썩 높은 수치는 아니더라도 어느 정도 꽤 높은 수치이지예. KV여고 학생의 평균치를 넘지예. 그러고도 떨어졌으니……"

향우는 강물 위로 시선을 던지고 생각했다. 약 오르고 자존심 상한다 이거지. 그래서 남학생들에게 도도하게, 차갑게 굴고 눈의 아름다움에 걸맞지 않게 삐딱한 시선을 던졌었군. ……좋아, 동변 처녀로서 그 정도의 IQ 수치이면 괜찮아. 내 마음밖에 나지는 않아.

"그런데 향우 씨의 아버지가 이 다리를 놓았다면서예?"

"아버지는 한 사무직에 불과했어요. 하기는 아버지와 공동으로 힘이 들어간 작품이긴 하지요. 7년 전의 작품이지요. 벌써 헌 다리가 되어 버렸네."

"어쨌든 향우 씨의 아버지는 신식의 사람이네예."

"동변 토박이들은 어디 구식의 사람들인가요? 그런데 윤숙 씨의 아버지는 직업이 뭐지요?"

"아버지는 벼농사를 하고 계셔예. 저기 효몽동에 논이 있지예. 적지 않은 논이지예. 아버지는 교육을 많이 받지는 않았지예. 그리고 착실하시기 때문에, 시간이 날 때면 동변양조장의 술을 배달하시지예. 남의 눈을 의식하지 않으시고예."

"딸과 똑같으네요."

"외모도 많이 닮았어예."

"논도 많겠다, 착실하시겠다, 사실은 알부자이겠네요."

"앞으로는 그렇게 될 지도 모르지예. 참, 대학은 어느 대학 어느 과를 지망하고 있지예? 하기는 S대학교로 가시겠지만…….."

"국어국문과를 지망하지요. 그쪽은 무슨 과를 지망하지요?"

"우리 아버지는 교육열이 높지 않아예. 두 언니도 고졸로 끝났지예. 남동생들도 학교 공부가 시원치 않으면 대학에 진학시키지 않으려고 하시지예. 이쪽은 돈 안 드는 교육 대학이나 가려고 하지예."

"혼자서 걸을 때를 보면 아주 고독해 보여요. 고독을 아주 좋아하나 보죠? 아니면 아주 강하게 고독을 참아내는가 보죠?"

"고독하다고예? 고독을 좋아하지도 않고, 고독을 참아내지도 않아예. 그렇게 보일 뿐이겠지예. 고독을 의식하지 못 해예. 고독을 모르지예. 아니, 차라리 고독하지 않다고 해야 옳아예."

"그런가요? 전혀 뜻밖인데요."

"우리 엄마는 시장을 혼자서 다녀예. 이미 산 작은 물건 하나 바꾸기 위해서도 친구나 가족과 함께 가지 않고 혼자서 가예. 다른 사람 보기에 무척 외로워예. 그래서 물어 보면, 전혀 고독하지 않다는 거지예. 왜 고개를 푹 숙이고 고독을 느끼는 것처럼 걷느냐고 물으면, 그건 그저 몸의 기본 자세일 뿐이라고 그러지예. 이쪽이 홀로 걸을 때 심리 상태와 똑같다는 것을 깨달았지예. 그런 것은 이쪽이 엄마를 닮았나 보지예."

둘은 이미 다리를 다 건너서 도로가를 걷고 있었다.

"버스가 오고 있네요. 빨리 가서 타지요."

그들은 뛰어가서 버스를 탔다.

*휴식

그날 저녁 향우는 '능금꽃' 아이들이 매일 모여 잡담하는 골목으로 갔다. 경성네의 밭 탱자나무 울타리 밖 골목이었다. 반촌동에 있는 남영호와 조상정만 빠지고 여섯 명

125

이 다 모여 있었다. DG고 2학년인 서종규도 와 있었다. 종규는 KV여고를 나온 누나 종희와는 대조적으로 두뇌가 다소 민속하지 못한 듯했다. 칠석이도 와 있었다. 그의 손에는 야구 글럽과 실밥이 있는 실제 경기용 중경식 볼이 들려져 있었다.

"이 볼은 고교 야구대회 때 야구장 스탠드에서 내가 직접 잡은 거다. 신났었지."

칠석은 이러면서 볼을 위로 던지고 받기를 계속했다.

"3학년인데 공부는 안 하고……."

경성이 핀잔하는 투로 말했다.

"나는 대학 안 가니까 느그들이나 잘 해 봐라."

칠석은 내일을 생각하지 않는 편안한 자세였다.

"니 팔자 좋구나. 우리는 된통 걸렸다. 일 년 가까운 세월을 어떻게 견뎌야 하나?"

진원기는 인상을 찌푸리며 말했다.

"이렇게 하나 저렇게 하나 세월은 빨리 흐른다. 어차피 흐르는 세월에 힘을 좀 실어 주면 된다. 잡담도 하고 쉬어 가면서 공부하는 수밖에 없다."

창호가 좀 어른스러운 표정으로 중얼거렸다.

"창호 니 영감 되었군. 니 말처럼 세월 보내기가 어디 쉽나?"

고민이 남아 있는 진원기의 말이었다.

"쉽지야 않겠지. 그러나 최소한 남들 다 하듯이 따라하면 되지."

창호가 대답했다.

"대학 못 간다 해서 돈 못 버는 것도 아니다."

원기가 다시 찌푸렸다.

"최소한 대학 졸업한 흉내는 내야 한다. 그래야 자기 집 재산을 지킬 수 있제. 그리고 그래야 장가를 갈 수 있제. 대학 가는 게 어디 그렇게 어렵나? 다른 애들도 대충 공부하고 노는 기라. 그러니까 입시 원서 낼 때 과를 잘 선택하면 되는 기라."

경성이 말했다.

"느그들 그런 식으로 살아서는 안 되는 기라. 최소한의 땀은 흘려야제."

창호가 핀잔 투로 말했다.

"참 어렵다. 창호 너는 기초 실력이 있으니까 말대로 되지만, 다른 사람은 말대로 되기가 어려운 거다. 노래대로, 어려운 시절이 닥쳐 오리니―각자 자기 여건과 철학대로 세월을 보내야 한다. 나도 기초 실력은 있는 편이지만 공부하면서 한눈을 판다. 그래야 잠이 안 오고 능률이 오른다. 지금도 저녁 먹고 잠을 깨기 위해 여기로 왔다. 그리고 동변의 여자 중에서 일단은 미희美姬 최윤숙을 꼬셨다."

향우가 말했다.

"니 큰일 날 소리 하고 있다. 공부는 언제 하고……?"

창호가 역정을 내듯이 말했다.

"쉽게 잠이 온다면 여자와 함께 공부하는 것이 더 능률이 오를 수 있다. 나도 이순정을 훔쳤다. 벌써 키스까지 했다. 이 잠바를 보래이. 키스하면서 순정의 쉐터의 털이 묻었다. 키스를 마쳤을 때, 순정은 내가 이십 년 묵은 도자기를 깼다고 카더라. 그때가 2월말이었제."

경성이 불쑥 말했다.

"정말 털이 많이 묻어 있네. 그러고 보니 니는 약간 두터운 잠바를 오래도 입고 있대이. 어쨌든 경성이 니 실력 대단하구나.”

원기가 말했다.

“이 정도의 실력은 되어야 하지. 내가 누군데……? ‘능금
꽃’의 회장 아이가?”

“니 폼 잡는구나.”

창호의 비아냥거림이었다.

“폼 잡을 만하지. 어디 아무나 할 수 있는 일이가?”

원기의 지원 사격이었다.

“향우의 실력도 대단하다. 그 매서운 새침데기 최윤숙
을 꺾다니!”

경성은 마치 감탄이나 하듯이 말했다.

향우는 경성의 집 건물 2층을 바라보며 생각했다. 경성
이 넌 나를 칭찬하지만, 넌 나의 후배야. 너보다 난 7개월
앞서서 첫키스를 했어. 그것도 난 차원이 달랐지. 3년이나
연상인 여자 성희와 어울려 놀았으니……. 어쨌든 너와 나
는 별종의 인간이지. 둘 다 미쳤는지도 모르지.

“향우 너 빠른 시간 내로 정리해라. 그러다가 너는 대학
에 떨어지고 신세 망친다. 내 말 알겠나?”

창호의 훈계조의 언성을 높인, 결기 어린 말이었다. 향우는 대답했다.

"알았어. 곧 정리하지. 너는 너의 일처럼 화를 내는구나. 창호 너 진심으로 충고해 주어서 고맙다."

*

경성은 3학년임에도 불구하고 순정을 만나고 있었다. 그 정도로 그친 것이 아니라 입선2동 북서쪽에 세워진 공업전문학교 도서관에서 함께 공부했다. 혼자 있어도 공부하지 않는 그로서는 도서관에 앉아 있는 것이 조금은 공부에 진척을 가져다주었다. 입학시험 한 달 전까지 이렇게 만남은 계속되었다.

한편 향우는 윤숙과의 관계를 곧바로 정리하지는 않았다. 그로서도 정리하려는 계획은 있었다. 6월달까지만 만나고 7월부터는 혼자서 공부에만 열중하기로 했다.

4월 이후 향우와 윤숙은 계속해서 만났다. 주로 강변 늪지에서 만났다. 향우와 성희가 함께 있던 곳이었다.

5월 하순에 가까워지고 있었다. 그런데 윤숙은 날이 흘러도 강변 늪지에 나타나지 않았다. 그리고 등교 때에도 걷는 모습이 보이지 않았다. 향우가 생각하기에, 아마 그와의 마주침을 피하기 위한 것 같았다.

향우는 윤숙의 집 앞에서 그녀를 불러내었다. 윤숙은 향우의 말을 오래 들으려고 하지 않았다. 만나지 않으려는 그녀의 말도 간단했다. "만나지 못할 중요한 개인적 사정이 있어예. 그것을 일일이 말할 수 없어예. 어쨌든 만나기가 싫어졌어예. 공부하는 사람들은 융통성이 없고예."

향우는 고민했다. 그럭저럭 6월초 가 되었다. 6월초 어느날 향우는 입선2동에 있는 공업전문학교 도서관에 가 보았다. 도서관에 윤숙이 와 있었다. 향우는 도서관에 들어가지 않고 그 아래 강의실로 들어갔다.

그는 노래를 했다. "케벨라코사나유르나타에소레나리아세레나돞포나템페스타⋯⋯⋯⋯⋯⋯⋯"(O sole mio)

강의실에서 그는 노래를 마치고 책을 좀 들여다보다가 도서관에 올라가 보았다. 윤숙은 가버리고 없었다.

그때부터 동변에서 향우의 별명은 '오 솔레 미오' 또는 '매미'가 되었다.

놀림을 받은 그날부터 향우는 다시 공부에 정신을 쏟는 학생으로 돌아갔다.

*칠석이네 집

8월 초순 어느날 새벽이었다. 2시 알람이 울리자 칠석네 네 식구는 잠에서 깨어났다. 칠석이, 아버지 최점현, 어머니, 종석은 이미 싸 놓고 포장해 놓은 짐들을 말수레에 실었다.

"중요하지 않은 짐은 싣지 말라카이. 우리는 강원도 정선까지 장거리를 수레 위에 타고 가야 한다. 말은 소처럼 우직하지 몬해서 수레가 무거우면 길에 서 버린다. 돈만 잘 챙기면 된다. 대강 실어라."

최점현이 주의를 주었다.

통행 금지가 해제되는 4시 정각에 그들은 출발했다. 국도로 향하여 갔기 때문에 서쪽에 있는 파출소 경찰의 시선을 따돌릴 수 있었다.

칠석의 어머니가 소지한 돈은 3백여만 원이었다.

칠석네가 도주한 것을 오전 10시 이전까지는 아무도 몰랐다. 오후가 되어서야 사람들이 칠석네 집에 몰려 들었다.

"도둑년이었지러."

"도둑년놈이었제."

"깡패 같은 아 새끼들을 포함하여 도둑 집구석이었제."

"부자의 돈은 아니지만 중류층 가정의 돈을 먹고 날랐구나. 자그만치 40세대의 돈이야."

"얼마나 띠어 묵었을까?"

"복잡하게 계산할 것도 없다. 그 도둑년이 계주로서 전달에 탄 곗돈 120만 원과 이달에 명순이 집이 탈 곗돈 120만 원을 합쳐서 240만 원을 꿀꺽 삼키고 날랐제."

"매우 큰 돈도 아니지만 적은 돈도 아니다. 그 돈 갖고 뭐 해먹겠다고 튀었노."

"와 큰돈이 아니란 말이고? 요즘 대졸 초봉이 2만 원이란 말이다."

사람들은 입방아를 찧어대었다.

240만 원을 2000년쯤의 화폐 가치로 환산해 보자. 이 연대쯤에서의 대졸 초봉은 200만 원 정도이므로 당시 대졸 초봉 2만 원의 100배가 된다. 따라서 칠석의 어머니가 떼어먹은 240만 원은 요즈음 화폐 가치로 2억 4천만 원 정도가 된다고 할 수 있다.

이렇게 칠석은 일단 '능금꽃'에서 떨어져 나간 셈이 되었다.

"부자의 돈은 안 건드렸다. 이왕 도주한 김에 꽁꽁 숨어 잘 살아라. 칠석이는 나중에 만나지겠지."

경성은 늘 잡담을 나누는 골목에서 이렇게 말했다.

쇠퇴기 과수원들의
재산 변동 상태

이듬해에 향우는 S대 국어국문학과에, 창호는 S대 법학과에, 경성은 T시의 K대 사학과에, 원기는 T시 K대 지리학과에, 상정은 T시 K대 농경제학과에, 영호는 T시 Y대 행정학과에 각각 합격했다. 종규는 그 다음해에 T시 Y대 정치외교학과에 합격하게 된다.

향우와 경성 등이 대학교 1학년이 된 때 12월이었다. 경성의 집 거실에서 동변 갑부들 친목 모임이 있었다. 부부동반 모임이었고 열리는 장소가 매달 바뀌었다. 각 회원이 돌아가면서 집에 초청하는 것이었다. 회원은 일곱 집이었다. 이른 바 '능금꽃 클럽' 회원들 중에서 칠석이네 집을 뺀 일곱 집의 부모들이 바로 회원들이었고, 회장은 경성의 아버지 민병소였다. 단 향우의 아버지 하운은 부자는 아니었지만 회원이었다. 하운은 검상1동 동장이고 법대를 나왔기 때문에 법률을 잘 아는 것을 인정 받아 회원으로 끼워 준 것이었다. 여기서부터는 자식들이 다 성장했으므로 지문에서 존칭 '씨'는 모두 빼 버린다.

그날 저녁 향우는 경성의 방에서 전축으로 향우가 가져온 레코드를 틀어 음악을 듣고 있었다. 향우는 기악에 몰입되어 가고 있었다.

"음악을 끄고 문을 조금 열어 거실에서 하는 회원들의 이야기를 들어 보자. 현재 동변의 돌아가는 사정을 우리가 알게 되겠지."

경성이 호기심을 띤 눈으로 향우에게 말했다.

"그래, 한번 엿들어볼까?"

"엿듣는 게 아니다. 우리는 현재 동변이 돌아가는 사정을 파악할 수 있어야 하제."

경성은 문을 조금 열었다. 말소리가 잘 들렸다.

"모두 한잔들 하십시더. 그리고 각 세대의 돌아가는 사정을 말로 들어 봅시더."

경성의 아버지 민병소가 말했다.

"음식이 아주 걸판지네. 다 먹고 이야기합시더."

서종규, 서종희의 아버지 서윤락이 농조로 말했다.

"동짓달 긴 밤, 술과 음식은 얼마든지 드실 수가 있지예. 드시며 말할 수도 있고……. 조정발 사돈부터 한마디 하이소."

민병소가 채근했다. 조상정의 아버지 조정발이 술을 한 모금 들이키고 말했다.

"저부터 먼저 말하도록 한 이유를 여러분도 알아차릴 것입니다. 다른 세대들은 능금 재배를 적어도 부분적으로 바꾸어 다른 품종의 농업으로 생산하고 있는데, 저만이 아직도 능금 재배를 고수하고 있으니까예. 저는 빨간 능금 홍옥과 노란 능금 고르뎅(골든)이 빨리 익고 많이 열리도록 하는 비법을 개발하여 상까지 받았습니다. 저는 자신을 가지고 재배에 노력을 바쳤지예. 그러나 더 이상의 비법은 개발하지 못했지예. 그럭저럭 세월은 흐르고 이제 나무의 수명이 다 되가는 능금나무를 쳐다보는 격이 되어 버렸습니다. 새로이 묘목을 심어서 수확을 하려면 몇 년이나 걸립니다. 올해 따져 보니, 몇 년 전 최절정기 기준으로 연간 소득이 45 퍼센트나 격감되었지예. 이대로 두었다가는 적자가 날 형편입니다. 앞으로 잘 따져보고 농업 생산에 임해야 하겠습니다. 여러분, 좋은 생각 들려 주시면 좋겠습니다."

민병소가 말을 받았다.

"저의 조정발 사돈께서 결정적으로 중요한 말을 들려 주셨습니다. 이와 비교해 보기 위해서 이번에는 제가 발언을 하겠습니다. 특별한 재배 기술도 없는 저는 사과 농사가 농약값이 엄청나게 많이 들어가고 일손이 많이 가고 까다롭다는 점만은 절실히 느꼈습니다. 그래서 전체 농지 18,000평 중 5,000평을 양배추 재배용으로 돌렸습니다. 그랬더니 몇 년 전 최절정기 기준으로—사과 농사 절정기 때이겠지예. — 연간 소득이 30퍼센트 감소되었지예. 양배추는 사과보다 부가가치가 낮기 때문이겠지예. 그러나 어쩔 수 없었지예. 나무의 수명이 다 되어서 사과가 적게 열리는 것을 어떻게 해결할 수 있겠습니꺼? 저의 사돈 조정발 씨의 진

술에 의하면 45퍼센트 소득 감소라 하셨는데, 비교해 보면 그나마 품종 전환은 잘한 것이지예.

그런데 저는 유원지에 케이블카 두 곳과 구름다리 설치에 많은 돈을 투자했지예. 현금과 예금 자산이 바닥났습니다. 그럼에도 고객이 너무 적습니다. 전기만 많이 들어갑니다. 그러니 투하 자본마저 회수되지 않고 있습니다. 수익이 믿을 수 있게 계속될 남은 곳은 양조장 뿐입니다. 그러나 양조장을 지속시킬 단기 자본은 썩 풍부하지 않게 되었습니다.”

다음으로 서종규·서종희의 아버지 서윤락이 말했다.

“저도 올해 초에 양배추와 토마토의 재배 평수를 늘렸습니다. 지금 현재 그 재배 평수는 5,000평입니다. 그 중 3,000평이 토마토밭이지예. 그 결과 몇 년 전 기준으로 연간 소득이 20퍼센트 감소를 보였습니다. 바로 토마토 때문에 감소 폭이 좁아졌지예. 토마토를 시내에 있는 시장에 댔지예. 토마토는 잘 손상되기 때문에 적기에 가까운 곳에 출하할 수 있었습니다. 우리 나라는 운송·보관 등 물류 시설이 뒤졌기 때문에 잘못하다가는 변질되는 토마토를 폐기

해야 하는 위험 부담이 따릅니다. 다른 나라의 실태를 들어본 바에 의하면 변질을 막기 위하여 덜 익은 푸른 토마토를 운송 수단에 넘기기도 하지예. 경험한 바에 의하면 위험을 막기 위해서는 토마토 재배는 그 양적 규모가 많아서는 안 된다는 것이지예."

남영호의 아버지 남인수가 갑자기 말을 받았다.

"그런데 왜 3,000평이나 많이 하지예? 독점할라꼬? 미안합니다. 이건 농담입니다."

서윤락이 다시 말을 이었다.

"독점하려는 기 아닙니다. 독점하려면 왜 실태와 비법 같은 것을 말하겠능교? 여러분 중에 누구든 토마토를 하시겠다면 자진해서 토마토 재배 평수를 줄이겠습니다. 아무튼 가까운 몇 년 안으로 사과나무는 그 뿌리를 뽑아야 한다고 생각됩니다."

다음에는 진원기의 아버지 진도작이 말했다.

"우리 집 과수원은 사과나무의 수령이 2년 더 어립니다. 아직은 소득이 급감하지 않고 있습니다. 제가 하고 싶은 말은 농업으로는 이제 큰돈 벌기에 한계가 있다는 것입니다.

저는 싼 가격이지만 과수원 중 3,000평을 매각했다는 것을 여러분도 잘 아실 깁니더. 그 돈과 원래 가지고 있던 현금으로 연사 공장을 세웠습니더. 과수원 안이지예. 저의 집은 소득 감소가 없습니더. 단기에 돈을 벌려면 공업으로 전환하는 기 가장 획기적인 방법인 것 같다고 생각됩니더. 그것도 영세적 규모가 아닌 큰 규모여야 할 깁니더. 그래야 가격 경쟁에서 영세 공장을 눌러 이길 수가 있고 경제적입니더. 동변에 영세 공장이 많은 판에 큰 규모인 몇 공장이 전체를 눌러 이길 수가 있습니더. 땅을 팖으로써 국도변 쪽이 확 짤려 나갔습니더."

"많이도 팔았네. 정다운 땅을 팔다니. 동변의 땅 면적이 축소된 느낌이제."

조정발이 말했다.

다음에는 나창호의 아버지 나석해가 말했다.

"땅이사 저도 팔았습니더. 저는 4,000평 정도입니더. 그 돈과 가지고 있던 현금으로 '미곡 창고'를 세웠습니더. 쌀 상회 즉 싸전 말이지예. 동변에는 물자가 많으나 곡식이 거의 없다는 점에 착안했습니더. 장사가 쏠쏠하지예. 사과밭 소득 감소를 많이 메꾸어 주고 있습니다. 공업도 좋지만 상업은 안전합니다. 저 역시 땅을 팖으로써 국도변 쪽이 확 짤려 나갔습니다."

다음으로 남인수의 차례가 되었다.

"저는 사과밭 4,000평을 양배추밭으로 전환시켰습니다. 그리고 몇백 평을 과감히 벽돌 공장으로 만들었습니다. 기와도 만들지예. 이런 공업은 소자본으로도 충분하기 때문에 과감히 시작했습니다. 주로 시내에서 삼륜차를 가지고 구입하러 오지예. 거래는 잘 되는 편이지예. 그러나 전체 소득은 사과밭 절정기 때보다 못하지예."

"다음은 검상1동 동장으로서 이 지역의 유지가 되어 우리 동변을 위하여 일을 많이 하신 김하운 씨의 차례입니다. 고견을 들려 주시기 바랍니다."

민병소가 말했다. 향우의 아버지 김하운이 말을 받았다.

"고견이라 하실 것은 없습니다. 지금 여러분이 처한 상황에서라면 저도 판단하고 실행하기가 매우 어렵기 때문입니다. 여러분은 많은 토지를 소유하고 계십니다. 지금 동변에서는 부동산은 부동산으로서의 의미가 별로 없습니다. 지가가 저렴한데다가 현재와 가까운 내일에는 가격 상승이 크게 기대되지 않고 있지요. 그래서 거래가 활발하게 이루어지지 않고 있습니다. 토지를 계산한 여러분의 재산 가액은 미실현이익 즉 실제로 현금화될 수 없는 자산 가치가 됩니다. 그래서 확실한 수익을 늘리려면 토지를 이용하여 생산에 임해야 합니다. 공업 생산은 이익의 폭이 큽니다. 그러나 장래성이 그다지 없다고 보여집니다. 유행처럼 남들이 많이 하는 특정 공업은 몇 년 후 수익이 별로 늘어나지 않습니다. 새로운 공업 제품이 가져다 주는 수익이 재래의 공업 제품의 수익을 갑자기 압도해 버리지요. 상업은 안전한 면이 있기는 합니다. 더 안전성을 유지하려면 가까운 현재까지 절대로 토지를 매각하지 않은 채, 새로운 업을 예정 계산해 보아야 합니다. 적어도 토지는 남게 됩니다. 동변의 토지는 가격이 저렴하고 부동산으로서 의미가 적다고 하나, 장기적 전망을 하면 앞으로 상당한 지가 상승을 기대할 수 있다고 보여집니다. 동변이 대도시에 속하는 주변이기 때문이지요. 현금이 필요하면 토지를 매각하지 않고 은행에서 싼 이자로 대출을 받으십시요. 여러분은 대출

받기가 쉬운 조건을 지니고 있습니다. 자산의 덩치가 크고 담보가 튼튼하기 때문이지요."

김하운이 이렇게 말을 마치자 민병소가 말을 받았다.

"좋은 의견을 말씀해 주셨습니다."

그때 진도작이 민병소의 말을 자르고 입을 열었다.

"아, 잠깐! 한가지 말할 게 있습니다. 장기적 전망으로 볼 때 지가가 상승한다는 것은 타당성이 있는 말일 깁니더. 그러나 물가가 계속 오릅니더. 그리고 지가가 제대로 상승하려면 우리들의 2세 때까지는 가야 할 깁니더. 그때는 우리들이 죽고 없는 때일 깁니더. 우리는 기다리지 않고 우리 대에 빛을 보아야 합니더. 우리는 많은 땅을 보유할 필요가 없습니더. 은행 대출금을 상환하는 것은 생각보다 쉽지 않을 깁니더. 우리는 과감하게 토지를 매각하여 다른 데에 빨리 투자하는 것이 빠른 길이라 생각됩니더."

"그 말도 옳은 말입니더."

나석해가 맞장구쳤다.

다시 김하운이 의미심장한 표정으로, 조심스럽게 반박했다.

"하기는 대한민국은 외국과 비교하면 지가가 지나치게 안정되어 있어 지가 상승폭이 낮고 땅의 거래가 한산합니다. 하지만 장기적 안목으로 볼 때 상승폭과 거래는 대폭적으로 비약될 수도 있습니다. 지금 선진국의, 특히 미국의 대도시에서는 지가가 단숨에 몇십 배로 뛰어오르고 있습니다. 그리고 진도작 사장님은 '장기적'—이라는 말을 대단히 길다고 느끼시지만 그 '장기'란 '10년' 정도의 시간일 뿐입니다. 그리고 그 체감 시간은 더욱 잠깐일 뿐이지요. 우리의 2세 때가 아니지요. 그리고 진 사장님은 물가가 오른다고 하셨지만, 지가처럼 몇십 배로 뛰어오르지 않습니다. 하지만 지가의 상승폭은 잠시만에 몇십 배로 풍선처럼 부풀어 오릅니다. 건물은 차치하고 지가는 상승폭이 엄청나므로 땅의 매각은 유보해야 합니다. 이것이 조심스러운 저의 지론입니다. 공업 제품은 단기간 그 수익이 크기는 하니까 단기간 그 효익으로 재미를 보되, 토지의 매각은 유보하는 것이 제 지론인데, 다행히 현재 우리 회원님 여러분은 토지의 매각이 심하지는 않았습니다. 앞으로가 중요하지요. 제가 영어를 잘해서 미국 서적을 읽은 것이 아니고 해적판 일본 서적을 보고 얻은 짧은 지식이니까, 회원님들 참고하십시오. 저의 말은 환상이거나 이론적인 구호가 아닙니다. 현재 실제로 국제적 대도시인 서울에서 지가가 매우 큰 폭으로 뛰어오르고 있습니다."

이어서 민병소가 다음과 같이 말했다.

"좀 특이하나 의미심장한 말씀이었습니다. …… 그러면 지금부터 즐거운 시간 보냅시다. 이후 시간에도 좋은 의견이 있으면 말씀해 주시기 바랍니다. 자, 시름을 떨쳐 버리고 한잔 들이키며 전축으로 노래를 듣고 또 노래를 하십시더."

민병소가 전축에 LP판을 얹어 '하숙생' 등 최희준 노래를 틀었다. 남자들은 지나간 많은 시간과 세월이 아쉽다는 듯 술을 들이키며 노래에 귀를 기울이고 있었다.

향우와 경성은 그제서야 방문을 닫고 전축으로 클래식 음악을 듣기 시작했다. 밤이 깊어가고 있었다.

그 후의
재산 상태의 변동 추이

경성, 창호 등이 대학 2학년이 되었을 때 그들 재산의 변동 상태를 살펴본다.

민병소는 12,000평에 양배추, 토마토, 양파를 심었다. 작황이 좋지 않을 것이 예상되어 나머지 6,000평은 땅을 놀렸다.

서윤락은 기존의 토마토밭 중 500평을 줄이고 양파를 추가하여 총 9,000평에 양배추, 토마토, 양파를 재배하게 되었다. 그 소득으로 은행에 입금하여 이자 소득을 챙겼다. 민병소와 함께 이미 나온 대로 김하운의 지론이 타당성이 있다고 공감한 면이 있기 때문이었다.

나석해는 또 2,000평을 매각하고, 나머지 4,000평에 양배추, 양파를 재배했다. 그리고 검상1동 삼거리에 가방, 핸드백, 운동화, 운동구 등을 취급하는 양품점을 차렸다. 그러다가 다음 해에는 또다시 2,000평을 매각하고 양복점, 양화점, 아이스크림과 빙수를 취급하는 아이스크림점을 개설했다. 그리고 제재소를 차렸다. 그러나 동변 전체가 한가한 부자 마을은 아니어서 수요가 적었다. 나석해는 이것에 문제점을 느꼈으나 때는 이미 늦어 있었다.

　진도작은 원래 총 10,000평 중 이미 3,000평을 매각한 상태에서 다시 6,000평을 매각하고 남은 1,000평에 연사 공장을 크게 증설하고 양파를 심었다. 친목회원들 중에서 이윤의 폭이 가장 컸다. 그리고 얼굴에 기름이 번지르르했다.

　남인수는 원래 총 7,000평 토지 중에서 5,000평을 매각했다. 벽돌 공장은 그대로 운영했고 연사 공장을 새로이 세웠다. 자투리 땅에 양배추를 심었다.

　조정발은 땅을 매각하지 않고 총 7,000평에 양배추, 양파, 토마토를 심었다. 토양이 좋지 않아 작황이 나빴다. 그

역시 김하운의 지론과 충고에 공감한 면이 있었고 비교적 조급하지 않은 면이 있었다.

향우의 아버지 김하운은 운영을 계속해 오던 사료 상회 옆에 건재상을 차려 겸업했다.

4월 어느 일요일 경성과 향우는 강둑을 걸으면서 지금까지 팔린 토지를 살펴보았다. 입선 1·2동에서 검상 1·2·3동을 거쳐 반촌 1·2동까지 국도변을 따라 새로운 단층집들이 길다랗고 넓게 땅을 차지하고 있었다. 4월이었지만 진동하던 사과꽃 향기는 지상에서 떠나고 없었다. 벌써부터 통통배가 뜨지 않는 강물은 얼마간 푸르름을 잃고 있었다. 동변의 봄은 푸르름과 향기를 잃고 있었다. 향우는 11년 전 동변에 처음 왔을 때를 회고해 보았다. 입선동 다리 초입 부근에서 둑과 국도를 바라보았을 때, 너울거리던 아지랑이와 진동하던 사과꽃 향기는 이제 가슴 안에서 빛바랜 사진으로 변하여 사라져 가고 있었다. 매정한 시간 자체가 덧없었다.

몰락의 길,
그리고 그 도정에 있던 일들

몇 달 후 8월초가 되었다. 그러니까 향우가 대학교 2학년 여름 방학 때이다.

향우는 입선2동에 있는 공업전문대학 도서관에서 오전부터 책을 읽고 있었다. 그런데 최윤숙이 도서관에 들어와서 향우의 먼 앞쪽에 자리를 잡았다. 당시는 책상에 칸막이가 없는 것이 보통이었다. 시간이 조금 지난 후 윤숙은 향우가 있는 책상으로 와서 향우에게 눈인사를 했다. 그리고 향우의 앞에 앉았다. 그리고는 가져온 쪽지를 향우 앞에 놓았다. 윤숙이 자신의 자리로 돌아가자 향우는 그 쪽지를 펴보았다. 윤숙은 화려한 원피스 차림으로 미를 과시하고 있었다.

'오늘 저녁 8시에 검상1동 유원지 입구 강둑에서 만나요. 윤숙.'

둘은 8시에 약속 장소에서 만났다. 그들은 계단을 내려가서 상류쪽(동쪽)으로 강변을 걸었다.

"언제 내려오셨어예?"

윤숙이 먼저 입을 열었다.

"그저께에 내려왔어요. 계획대로 교육대학에 입학했어요?"

"예, 그렇게 되었어예."

"앞으로 일 년 반을 지나면 선생님 발령을 받겠네요."

"시골로 발령이 나겠지예. 그런데 앞으로의 진로는 어떻게 정하셨지예?"

"졸업하고 5년간 연구를 하려고 하지요."

"대학 교수를 목표로 하고 있네예. 그쪽과 이쪽의 차이는 하늘과 땅이네예."

"땅이 더 중요하지요. 학자도 사리私利에 치우치면 학문 장사가 되고 말지요. 왜 교수이던 사람이 산속으로 들어가

머리를 깎을까요?"

그러고는 침묵을 지키며 걷고 있다가, 수초가 많이 자라고 갈대가 있는 늪지까지 왔다. 향우가 먼저 입을 열었다

"왜 재작년에 이 사람을 내몰아 쫓았지요? 무슨 감정이나 오해가 따랐나요?"

"그런 건 아니었어예. 근본적으로 쫓지를 않았지예. 아니, 일시적으로 쫓았지예."

"그렇다면 나중에 다시 부르기로 생각했다는 말인가요?"

"그런 셈이지예."

"일시적으로 쫓다니? 그 목적이 무엇이었지요? 혼자서 공부하도록 만들기 위해서였나요?"

"그건 아니었지예. 어떤 수를 쓰든 공부는 할 것이라고 생각했어예."

"그렇다면 그 이유는?"

"서울에서 생활한다면 서울에서 학교에 다니는 여대생을 얼마든지 붙잡을 수가 있지예. 더구나 S대생이니까. 그러면 동변에 있는 여자들은 안중에도 없게 되겠지예. 여고

생은 더욱 안중에도 없게 될 것이며……. 그래서 2년을 기다린 거지예."

"그럼 이쪽이 서울에 사귀는 여대생이 있다면 헤어질 때까지 예를 들어 2년을 더 기다릴 수 있나요?"

"기다릴 수 있지예."

윤숙은 대답에 거침이 없었다.

"됐어요. 그렇다면 둘 다가 2년을 기다린 후 서로를 부른 것으로 해요. 제1의 고향인 서울도 타향 같았어요. 이쪽은 원래부터 제2의 고향인 동변의 여자를 원했어요."

향우는 윤숙의 팔을 잡았다. 그렇게 된 순간 그들은 서로 가볍게 껴안았다. 그런 채로 그들은 한참 동안 서 있었다. 늪지의 갈대 사이로 반딧불이들이 휘돌며 오르내리며 춤을 추었다. 서서히 몸을 트는 강물은 속삭이듯 숨 소리를 냈다.

*

이듬해 경성이 대학교 3학년이던 해 여름이었다. 저녁

153

이 깊어졌을 때 경성은 밭 울타리 안에서 좁은 농로를 따라 종규의 집을 향해 걸었다. 새로 심은 측백나무 경계를 넘어 종규네 밭으로 들어가서 그의 집으로 걸었다. 안락의자에 종희와 종규가 앉아 있었다.

"종희 누나, 종규, 오랜만이네."

"어서 온나."

종규가 말했다.

"이리 와 앉거라."

종희가 말했다.

"졸업하고 6개월쯤 되니 심심하지 않아?"

경성이 앉으면서 말했다.

"그래, 심심한 정도가 아니라 늙어 가는 느낌이다. 3학년인 경성이는 이제 커 가는 기분이겠지?"

"아직도 나를 어린애로 보는구나. 그런데 결혼한다면서?"

"그래, 그렇게 됐어. 아, 우리 둘이 잠시 동안만 좀 걷자. 할 이야기가 있어."

"나도 잠시 둘이만 이야기하고 싶었어. ……종규야, 잠시만 기다리고 있거라."

"그렇게 하지."

종규가 대답하자, 둘은 일어나서 걸었다. 곧 아직도 지하수를 뽑아 올리고 있는 모터가 있는 수로가 나왔다. 종규가 회고해 보니, 그들 둘이 서로에게 물을 끼얹으며 장난하던 때도 많았었다. 그런 일들이 엊그제 같은데 벌써 성년이다. 지금 황혼마저 스러지고 서쪽 하늘은 박명을 희미하게 채색하고 있다. 다가오는 것은 경성에게서 꿈이 사라져가는 새까만 밤일 듯만 싶다.

그들은 방향을 꺾어서 수로를 따라 걸었다.

"낮에 보니 토마토가 다른 집보다 굵더군. 토마토 특화 재배가 되었군."

경성이 어둠을 깨뜨리듯이 말을 터뜨렸다.

"그런 셈이지. 우리가 토마토를 제일 먼저 시작했으니까."

"결혼이 가을이라고?"

"그래. 그렇게 되었다. 경성아, 지금까지 내내 변함없이 너를 위해 주지 못해서 미안하구나. 떠나는 이 마당에……"

"그럴 수밖에 없었어. 나는 연하의 경성일 뿐이었으니까. 그런 주제에 누나에게 기쁨을 줄 수 없었어."

"유감스럽게도 그건 사실이었어. 나는 홀로 떼어내면 참으로 약한 여자였어. 나는 강한 연상의 남자에게 기대고 싶었어. 어떻게 너에게 기댈 수 있었겠나? 그걸 이해해 주면 좋겠다."

"나도 동년배에 비하면 강한 사내였어. 하지만 어떻게 누나를 기대게 할 수 있었겠나? 누나를 이해하지."

"그렇게 말해 주니 고맙다."

풀벌레들의 울음이 숲에서 흘러나와 그들의 귓전에 가득 메워졌다.

"이제 나는 돌아서서 완전히 떠나게 되었다. 이 우주의 어떤 힘도 나의 현재와 미래의 방향을 돌려놓을 수 없게 되어 버렸지. 그런데 고등학교 때 너의 얼굴은 사색이 되어 있었지. 나 때문에 그리했었나?"

"그랬었지. 말할 필요도 없어. 절망적이었어."

"경성이 너 진실로 이성으로서 나를 좋아했었나?"

"좋아했었어. 아니, 이성으로서 사랑했어."

"나도 떠나는 이 마당에서 그 열성을 사랑해 주고 싶다. 사랑은 결혼을 함으로써 안개처럼 흩어져 날아간다. 사랑하는 자는 사랑을 잃음으로써 사랑이 영원히 남게 된다. 이건 모순이지만 진실이라고 생각되지 않나?"

"사랑을 잃음으로써 사랑으로 남게 된다. ─그래, 진실인 것 같아."

단속적인 소리의 울림이 아닌, '쓰르르르르르르'하며 계속해서 쓸쓸함을 고조시키며 파장을 일으키는 여치의 울음이 경성의 가슴을 훑고 있었다.

"우리 쓸쓸한 이야기는 그만하도록 하자."

"그래, 그러지. 올해 졸업했으니 내년이면 중학교나 고등학교 영어 교사로 발령받겠네."

"아니야. 사실은 금년 1학기에 발령이 났어. 그러나 취소시켜 버렸지."

"신랑은 무엇을 하는 사람인데?"

"독립적으로 사업을 하지."

"무슨 과를 나온 사람이지?"

"같은 과 몇 년 선배이지."

"결혼 후 어디에 거주하게 되지?"

"참, 말을 안 했구나. 결혼 후 1년 지나서 외국으로 나가기로 했어."

"외국……? 어디로?"

"멀리 캐나다로."

"그래서 말투가 쓸쓸했었군."

"그리고 교사 발령을 취소했고."

"그러면 거기서 계속 산다는 말인가?"

"죽을 때까지 계속 거주하게 된다는 말이지. 이민 가는 거니까."

"한국에는 영원히 나타나지 않는다는 건가?"

"간혹이야 오겠지."

"그것은 영원한 떠남이라고 해야 하겠지."

"사실상 영원한 떠남이야. 한국 사람들하고는 영원한 결별이고."

"지금의 기분은 어떠하지?"

"서운해. 특히 내가 자란 동변을 위하여 해준 일이 없어서 서운하고 후회가 되지. 자라면서 공부만 한 일밖에 없으니까."

"보내는 사람도 서운해. 매우 섭섭하지."

"그리고 '능금꽃'에도 미안해. 누나로서 한마디 충고도 못 해 주었으니까."

그들은 돌아서서 걸었다. 여치와 베짱이의 울음이 잔잔하게 협화되었고, 간헐적인 귀뚜라미의 울음이 알토로서 가세되었다. 모터도 고적한 음정으로 노래했다. 풀벌레 울음의 온기로 밤이 익어 가고 있었다.

*경성과 진명선

이듬해 8월이 되었다. 경성은 그의 집 밭 한복판 수로를 따라 진명선과 함께 걷고 있었다. 달이 비치는 밤이었다.

진명선은 원기의 여동생이었고 진도작의 딸이었다. 명선은 대학에 입학하자 경성을 마음에 품고 있었다. 명선에 비하면 경성이 사귀고 있는 순정은 맑고 청신한 건강미가 돋보였다. 명선의 용모는 대단한 매력의 포인트를 내비치는 것은 아니었으나, 얼마간 가느스름한 눈매를 포함하는

159

이목구비가 균형을 이루고 있었다. 명선은 순정보다 키가 약간 더 크고 살결이 약간 거무스름해서 보는 눈에 따라서는 성적 매력이 있어 보이기도 했다. 명선은 1학년 때부터 경성의 집에 비교적 자주 놀러왔다.

둘이만 있을 때 검초록의 풀숲을 배경으로 하고 이렇게 말한 적이 있었다.

"경성 오빠, 나를 어리다고 생각하지 마셔예. 친구 동생이니까 더 어려 보이는가예? 그거는 착각이라예. 그리고 우리는 연년생이라예. 한 살 차이이지예. 그러니까 원기 오빠보다도 여자인 명선이가 오히려 정신 연령이 높아예. 친구의 어린 동생 취급하지 마셔예. 서로 맞먹을 수 있는 여자 친구가 될 수 있어예."

또 어떤 때에는 양배추밭 가에서 이렇게 말했다.

"나는 원기 오빠보다도 더 똑똑해예. 그러니까 H여대 약학과에 갔지예. 그리고 고등학교까지 오빠보다는 좀 공부를 잘 했지예. 경성 오빠는 마음이 좋아 원기 오빠를 존중해 주면서도, 나에게는 왜 그리하지를 못 해예?"

또한 어떤 때는 둘이만 있을 때 정원의 포도나무를 뒤로 하고 이렇게 말했다.

"남자들이 날 보고 섹시하다고 그러면서 달라붙어예. 그 누구도 당장에 합격시킬 수가 없어서 마음속으로 접수표를 나누어 주었지예. 오빠는 새로운 것을 발견하는 안목도 없어예?"

이들 말들이 좀 철이 덜 든 대학 2학년 때까지의 응석에 가까운 것이었지만, 경성은 일단 일리가 있는 말들이었다고 생각했다. 맨 마지막 말이 좀 자극적으로 와닿아서 그는 차츰 그녀를 대화의 대상으로 인정하기에 이르렀다. 이렇게 하여 그가 4학년이 되자 순정 이상으로 산책의 동행자가 되었다.

수로에는 모터로 뽑아올린 물이 흐르고 있었다.

"우리 집은 팔아 버리고 남은 농토가 얼마 안 되어서 작물이 많이 자라던 옛날 생각이 나네예. 그때는 어릴 때였지예."

"농토가 얼마 안 되는 대신 방적업이 한창 잘 되고 있으니 좋지."

"운반할 트럭도 한 대 샀어예. 그래도 운반이 여의치 못

해서 한 대 더 사려고 하고 있어예."

"운송 수단이 모자라겠지. 생산물이 많이 쌓이고 판로로 빠르게 빠져나가야 하니까. 명선의 아버지가 가장 걱정이 없고 건강이 좋으신 것 같아."

"한가할 때는 한가하다가도 어떨 때는 되게(되게) 바빠 예."

"진도작 사장님이니 그럴 수밖에……."

"연사 공장을 세워 보지예."

"그것도 아무나 할 수 있겠어? 이력이 붙어야 할 수 있지. 우리 아버진들 판단 못 하시겠어?"

"작게 시작해 보지예."

"그렇게 할 수도 있겠지. 그런데 작게 한다고 하지만, 영세업자가 많아서 경쟁하기가 힘들겠지."

"경성 오빠 아버님께서는 다른 사업을 구상하시는 게 아니라예?"

"구상했던 한 사업을 망쳤는데 금방 또 무슨 사업을 구상하시겠어? 땅 7,000평을 매각하시고 또 1,000평을 떼어 내어 집 장사를 하셨지. 건축업자에 위탁하여 공사를 했지. 40평을 한 가구의 집으로 하여 25개 집이 완성되었지. 그중 9개 집이 분양되었을 뿐 나머지 16개 집이 미분양된 유령의 집이야. 밭의 북서쪽에 있어. 톡톡히 막대한 손실을 봤지. 동변의 땅이 그린벨트로 지정되지 않아서 개발이 가능했지."

한참 침묵을 지키며 걸으며 물 소리를 듣고 있다가 명선이 말했다.

"세월이 무척 빠르게 흐르네예. 벌써 3학년 2학기가 되어가니……. 대학에 와서 아무것도 해 놓은 것은 없고."

"약학과이니까 제때 제때 공부 많이 해 두었겠지."

"그렇지 않아예. 학점만 땄을 뿐이지예."

"그러는 중에 공부가 되는 거지. 나같이 건성으로 시험 치지 않는 한……."

"건성으로 시험 쳐 학점 딴다고예? 누구나 다 그런 거 아닌가예?"

"올해 입학한 내 누이동생 경민이는 열심히 하던데. 남학생도 합격하기 어렵다는 의예과에 입학한 경민이 말이야."

"경민이야 원래 공부 잘하지 않아예?"

"아버지를 닮아서 나보다 공부를 잘하지. 나는 공부를 잘 하지 못하면서 시험 운은 좋았지. GS중, GS고, K대 사학과……."

"오빠도 재미있는 사학을 수강했으니 대체로 기초는 잘 닦아졌겠지예."

"재미있다고? 공부 잘하는 애들에게만 재미있겠지. 내가 전공하는 것은 사실대로 해석하자면 '사사로울 사'자 사학私學과이지. 말하자면 가정 사학과이지. 가정이 돈 버는 데만 관심을 쏟지. '향토 장학금'을 받아 학교에 다니고. 경민이야 진짜 학교 장학생이고 졸업하면 어엿한 여의사가 되겠지."

"이쪽도 여자 약학 박사가 될 수 있어예."

"참, 내년이면 약사 고시 준비 공부를 해야 하겠네."

"귀찮은 과정이 남아 있어예."

"뭐가 귀찮다는 건가? 몇 개월이면 끝날 것 가지고. 약사 고시에 떨어진 사람이 있다는 이야기 못 들었다."

"나는 들었어예. 약사 고시까지 재수를 하던데예."

"어쨌든 진명선 님께는 약국 사장은 따 놓은 당상인데. 아직까지는 약사는 희소가치가 있지."

"알아주어서 고맙습니더."

다시 대화가 끊어졌다. 그런 채로 그들은 한참 걸었다. 베짱이 울음이 밤의 공간을 균열시켰다. 토마토 열매와 잎과 줄기가 달빛을 반사하고 있었다.

밭의 북서쪽 끝에 왔다. 미분양된 16개의 '유령의 집'이 있는 소위 '문화 주택'이 달빛을 받고 있었다.

"저기 하얀 담벼락이 보이지? 저기가 '유령의 집'이 있는 주택 단지이지."

"40평 짜리 25개 가구라 그랬지예? 집이 좋은 만큼 손해가 막대하겠네예."

그들은 왼쪽으로 방향을 틀었다.

"오페라 '리골레또'에 대해서 알고 있어예?"

명선이 침묵을 깨뜨렸다. 다소 망설이는 어조였다.

"조금 알고 있지. 만투바 공작의 아리아 '여자의 마음'을 알고 있지."

"만투바 공작은 여성 편력자이지예. 그러면서 심하게 여성을 평가절하하고 야유하고 폄하하지예. 이 모두를 심히 역겨워 하는 질다는 그럼에도 공작을 사랑하지예. 여기 명선은 남성의 바람기를 싫어한다기보다 몹시 역겨워 하지예. 경성 오빠가 외견상으로 '바람기'가 있어 보인다고 감지하지예. 실제로 경성 오빠는 순정이를 좋아한다든지 종희 언니를 좋아했지예. 바람기를 몹시 역겨워하면서도 경성 오빠를 찾고 싶어하는 모순 속에 살고 있어예. 어쩔 수 없지예."

온몸에 달빛을 받으며 이런 말을 하는 명선의 얼굴을 자동차의 헤드라이트가 높은 도로에서 울타리 위까지 뻗쳐 비추고 있었다. 약간 가무잡잡한 얼굴빛을 강조해서 조명했다. 달빛에 추가해서……. 조명이 강조하는 포인트는 성적 매력이었다.

그들은 밭의 뒷문까지 왔다. 경성이 말했다.

"내일 저녁 여덟 시에 이 뒷문 밖에 와 있거라. 그때에 나 또한 기다리고 있을 테니. 오늘 생각해 보고 내일 할 말이 있을 것 같다."

경성은 뒷문을 열쇠로 열어 주었다.

경성은 다음 날 저녁 여덟 시에 뒷문을 열쇠로 열었다. 명선이 들어왔다.

수로 곁을 함께 걷고 있다가 경성이 침묵을 깼다.

"특별 신청을 하겠어. 저─우리 결혼하자."

"옛? ……순정이는 어떻게 하고예?"

"순정과는 갈라서는 수밖에 없지. 가문의 부를 견주어 보았을 때 너무 상대가 안 된다. 둘째 순정이는 약사가 아니다. 평범한 예비 가정주부일 뿐이지. 나는 우리 가문을 일으켜 세워야 한다."

"언제 결혼을 하지예? 오빠는 군대에 가야 하고, 이쪽은 4학년을 마쳐야 하는데."

"명선이 졸업하는 해이지. 약 2년 후이겠지. 나는 군대에 가서 휴가를 받을 때 혼인식을 올리는 거다."

"예, 청혼을 받아들이겠어예. 오빠는 양쪽 부모님께 허락을 받으셔예."

"알겠어."

"약혼식을 올려야 하겠네예."

"필요 없어. 나를 못 믿겠어?"

"예, 믿겠어예."

순정은 경성의 뺨을 후려갈겼다.

"변절하고 배신하다니예. 순전히 정략 결혼이네예."

"우리가 무슨 정치를 한다고 정략 결혼이야?"

"마찬가지이잖아예? 그 이상으로 지독한 거지예."

"나는 우리 가문을 일으켜 세워야 하는 거야."

"'부'와 '약사'를 앞세워서? 그게 그렇게도 중요한가예?"

"나에게는 중요하지. 그런데 너만 예쁜 줄 알아? 명선이도 육체적·정신적 아름다움이 있어. 순전히 정략적 결혼만은 아니야. 미안해."

명선이 순정에게 사실대로 이야기를 해서, 순정이 전화를 해서 경성을 유원지 입구 강둑에 불러낸 것이었다.

"그렇더라도 지나치게 이재를 밝히네예. 그건 벌써부터 알고 있었지예. 그러나 그러면서도 경성 씨의 장점은 남을 배려해 주는 마음가짐이었어예. 그래서 '능금꽃' 회원들을 비롯하여 사람들에게 신임을 받았지예. 그러나 정략 결혼을 하는 이제는 모든 것을 저버렸어예. 그런 정신으로 가문을 일으켜 세우는지 내내 바라보겠어예. 잘 먹고 잘 사셔예. 때릴 가치도 없어예."

순정은 땅에 침을 뱉고 가 버렸다.

*

향우, 경성이 3학년이던 해에 '능금꽃' 회원들 중에 창호, 원기가 입대했다. 향우는 석사 장교로 3년 후에, 경성은 졸업하는 해에, 종규는 3학년인 다음해에 입대하게 된다.

다음해 가을 창호는 휴가를 받았다. 경성이 4학년이던 때였다.

창호는 군법무관으로 입대했었다. 그는 2학년 때와 3학년 때 두 차례 사법고시에 응시했으나 그의 예상대로 불합격하고 군법무관 시험에 합격했었다.

휴가 마지막 날 창호는 밤 열차로 귀대하기로 하고 동변강 벚꽃나루터의 포장마차에서 경성과 함께 술을 마셨다. 10월 하순 어느날 오후였다.

"서낭단이 치워진 것도 오래 전이야. 동변에 일이 생기면 제를 올리던 곳이었지. 그때 동변에 전통 혼례식이 있는 날이면 양가에서 풍물굿을 하고 여기로 와서 또 풍물굿을 했지. 그리고 여기서 떡과 술을 나누어 주었지. 동변의 처녀들은 모여들어 그네를 타거나 널을 뛰었고."

창호의 말이었다.

"그때가 좋았었지. 다 일장의 꿈이었지. 요즈음은 혼인식을 해도 결혼 예식장에서 간단히 해 치워 버리지."

경성이 말했다. 혼잣말로 넋두리하듯이…….

"그래, 한 자락의 나른하고 포근하고 아늑한 봄꿈이었지."

창호가 말을 받았다.

"그런데 창호 너 제대하고 사법고시 합격하는데는 문제 없겠다. 결코 쉽지 않은 군법무관 시험에 합격했으니."

"약간은 낙관하고 있지. 얼마 전처럼 평균 60점을 커트라인으로 하는 절대평가가 아니고 비교적 많은 합격 예정 인원을 정하여 뽑는 것이기 때문이다. 법관의 수요가 많아 앞으로는 합격 예정 인원이 더 많아질 추세에 있다."

"그래, 그러니까 합격은 문제 없겠다."

"그건 나도 잘 모른다. 지금 나는 정의의 수호를 실현하고 있는 게 아니다. 군에 온 문제아 치다꺼리 하고 있는 셈이다. 일반 사회에 나가서 법관이 된다 하더라도 정의의 수호 실현은 어렵다고 본다. 사회의 문제 인간 치다꺼리를 하거나, 정의와는 정반대 편에 설 위험이 도사려 있다. 인혁당 사건을 한번 생각해 보아라. 법관은 양심을 저버린 정도가 아니다. 법관이 대량 살인을 한 거다. 사법부가 독립을 저버린 정도가 아니다. 중앙정보부의 총칼에 입맞춰 준 거다. 우리가 사과를 깨물어 먹던 자유당 시대에도 조작된 조봉암 간첩 사건에서 법관은 정의의 반대편에 웅크리고 앉아 총칼에 입맞춰 주고 살인을 한 거다. 세월이 좀더 흐르고 나면 '사법 살인'이었다고 아름답게 발음하겠지. 10월 유신이 벌써 할퀴고 간 현재 법관의 행로는 더욱 험난하다."

창호는 동변 막걸리를 마시고 바닷장어를 씹었다.

"판사나 검사를 하지 말고 변호사로서 뜻을 펼치면 되지 않겠나?"

"피해 갈 곳은 없다. 변호사는 검사와 판사에 놀아나는 허수아비가 된다."

"나는 잘 모르겠다. 창호야, 대충 살아라."

"정상적으로 태어나서 잘 모르겠다는 식으로 살아서는 안 된다. 배운 사람으로서 눈을 감고 양심을 버리고 대충 사는 것도 쉽지 않다."

"어쨌든 대충 살 수밖에 없다. 대충 살았기 때문에 우리는 일단 부자가 될 수 있었다."

"그렇게 대충 산 부자는 옳지 않을지 모른다. 우리와 우리들 아버지는 너무 욕심을 부린다."

"우리는 쇠퇴해 가고 있다. 욕심을 부리는 게 아니다. 우리는 우리 자신을 지켜야 되지 않겠나?"

"왜 욕심을 부리는 게 아니가? 환경의 변화에 따라 순응해야 하고 자연스럽게 받아들여야 하지 않겠나? 우리를 지켜야 된다고? 우리가 원래부터 잘 살아야 하는 특권이나 있는 것은 아니잖나? 어쩔 수 없을 때는 좀 손해도 봐야 하지 않겠나 말이다. 우리가 쇠퇴해 간다고 해서 굶주리거나 못 살게 되는 것은 아니잖나?"

"우리는 기득권 같은 게 있다. 너의 생각대로만 아버지들의 심리 상태를 파악해서는 안 된다. 아버지들은 노력하며 쌓아 왔다. 그러니까 지킬 것은 지켜야 한다."

"다른 사람들도 땀을 흘렸다. 그런데 너는 우리가 특권 같은 것이 있다고 마음속으로 고집하는구나. 절대로 특권 같은 것은 없다. 부자는 대충 살기 때문에 눈에 보이지 않게 남에게 피해를 준다. 많이 갖는다는 것은 어느 의미에서 죄악이다. 돈이 돈을 벌고 가난한 사람을 내내 가난하게 만든다."

"너는 근본적으로 자본주의를 부인하고, 사유와 자유경쟁을 죄악시하고 있는 것 같다. 미국의 오늘이 있는 것은 자유경쟁과 자본주의 때문이다. 소련이나 동독 신세가 되지 않고 말이다. 그리고 미국도 가난한 사람들이 있다. 그러나 대다수의 사람들이 잘 산다. 우리나라도 대다수의 중산층 이하가 자유경쟁하고 노력하여 잘 살면 되는 거 아니가?"

"가난한 자는 자유경쟁에서 지게 되어 있다. 격차는 더 벌어진다. 그게 우리나라의 현실이다. 수출이 많아진 건

사실이지만 부는 노동자에게 공정하게 골고루 분배되지 않았다."

"그렇더라도 다 잘 살 수는 없고 많은 사람이 혜택을 받아 잘 살면 되지 않겠나?"

"최하층이 살아야 한다. 잃어버릴지 모르는 한 마리의 양이 더 중요하다. 뒤처져 무리에서 벗어나 떨어져 나간 한 마리의 양을 먼저 생각해야 한다. 한 사람의 부자가 몇천 그룹에서 몇천의 뒤처진 양들을 살릴 수 있다."

"창호 너 취했구나. 너 땀 흘리신 너의 아버지 나석해 씨 앞에서 그런 말을 할 수 있겠나?"

"할 수 있지. 한잔 취해서 말이다."

"오늘 너는 '능금꽃' 답지 않게 말하고 있다."

"'능금꽃'은 잃어버린 것에 대한 환상과 낭만으로 살았다. 속절없는 것이었지만 그 자체 아름답고 귀한 우정이었다. 나는 그 속에서 자랐다. 이것만은 가슴에 품고 떠난다."

"너는 마치 멀리로 떠나는 듯이 말하고 있구나. 우리 일어서자. 잘 가거라."

그들은 일어섰다. 10월의 낙엽이 낙하하여 바람에 쫓겨 맨땅바닥에 살이 긁히는 아픔으로 신음하는 소리를 냈다.

창호는 저녁에 집에서 출발하여 열차를 탔다. 입석이었다. 저녁 식사 때 또 마신 술에 의하여 몹시 취해 있었다.

그는 객실 안에서 더위를 느끼고 승강구로 나왔다. 내려와서 마지막 계단에 섰다.

그는 소슬한 바람을 들이키며 생각에 빠졌다. 내일부터 또 문제아에 대한 뒤치다꺼리를 하며 보내야 한다. 사회나 집안이나 모두 괴상망측한 모습으로 돌고 있다. 젊음을 보낸다는 게 그다지 재미가 없다. 몸을 바쳐 도전할 만한 것이 없다. 바람이 시원하다. 승강구에 몰리는 바람을 베고 잠들고 싶다.

그는 손잡이에서 손을 놓고 계단에 앉으려 했다. 손을 놓아도 똑바로 서 있을만한 자신이 있었다. 그러나 생각대로 되기에는 음주량이 너무 많았다. 그는 바람을 맞으며 비틀거렸다. 실족했다. 추락했다. 그의 몸은 휠에 휘감겼다.

어마어마한 고통이 엄습했다. 그리고 거대한 소음 속에서도 고통의 감지가 끝난 직후 죽어 가는 뇌에 극히 짧은

찰나에 안락이 찾아들었다. 그러자마자 그의 영혼은 녹아
드는 영원한 길목으로 사라졌다.

이튿날 서울에서 향우는 창호의 죽음 소식을 접했다. 그
는 동변으로 내려왔다. 창호의 방에 빈소가 차려져 있었다.

"자식 농사 함부로 자랑할 게 아니야. 나는 모든 농사를
망치고 자식 농사마저 망쳤어."

나석해 씨가 통탄했다.

향우는 경성에게서 창호가 하던 자세한 이야기를 듣고
서 창호의 고뇌를 이해할 수 있었다.

이렇게 창호는 동변에서 떠나갔다. 향우의 뇌리에서 보
람은 증발하고 무상만이 남았다. 세월은 덧없었다.

*'능금꽃 클럽'에 등을 돌림

경성과 헤어진 순정이 3학년 때였다. 2학기 개강이 전국
일제히 시작되었다. 9월 첫 일요일 순정은 1, 2교시 수강을
마치고 K대 농과대학으로 향했다. K대 정문에서 아스팔트
내리막길로 가지 않고 좌측 산으로 해서 농과대학으로 갔

다. 산길에는 싸리나무 꽃이 고운 자색으로 피어 한들거리고 있었다. 학생회관이 산 위에 있었고 그보다 조금 아래 위치에 농과대학 건물이 있었다.

순정은 1년 선배인 유금희(7장에 소개되어 동변초등학교 동학년 여학생 중에서 가장 똑똑하여 가장 지능지수가 높고 공부를 잘 했던 여학생)를 만나러 온 것이다. 순정은 농대 202강의실에서 수업을 받고 있는 유금희를 복도에서 기다리고 있었다.

강의 종료 벨이 울렸다.

"순정이가?"

강의실에서 나오는 금희가 순정을 보고 말했다.

"그래, 금희 언니."

"시내 다방에서 만나면 편하게 책을 받을 수 있을 텐데 왜 멀리까지 걸음을 했노?"

금희는 순정과 나란히 걸었다.

"K대의 산바람을 좀 쐬고 싶었지. 싸리꽃 구경도 하고……."

"싸리나무꽃 뭐 볼 게 있나?"

"군락을 이루어서 환한 자색을 여기저기 뿌리니 색깔이 고왔어."

"아직 점심 식사 전이제?"

"그래."

"그러니 함께 학생회관으로 가자. 돈까스에 싫증이 나면 비빔밥을 먹자."

"그래, 그게 좋아."

식사를 다 마치자 금희는 가방에서 꺼낸『원예학 개론』책을 순정에게 넘겨주었다. 그러면서 물었다.

"그까짓 원예학 개론을 어디에다 쓰려고 하는 거고?"

"우리 가정과에 필요한 원예 논술 과제를 하려는 거지."

"그렇구나. 다른 책은 필요 없겠나?"

"필요 없겠어. 개론 수준이면 충분한 것 같은데……."

이런 말들을 주고받고 할 때 식탁에서 일어난, 고 조정발 씨의 아들인 조상정이 둘의 모습을 발견하고는 유심히 바라보았다. 특히 순정에게 유심히 시선을 던졌다. 건강미가 넘치는 순정의 얼굴은 상정이 보기에 핼쑥해져 있었다.

조상정은 '능금꽃 클럽'의 회원으로서 백은동으로 나와

서 살고 있었고, 이미 7장에서 소개된 유금희 역시 시내 내당동으로 나와서 살고 있었는데, 금희의 전공은 '원예학'이었고 조상정의 전공은 '농업경제학'이었다.

"아, 순정 씨, 웬일이야?"

순정과 금희는 상정을 바라보았다.

"상정 오빠, 오랜만이네예."

"그렇군."

"우리는 식사를 다 했는데, 아직 안 했지?"

금희가 물었다.

"아니야, 나도 했어."

상정은 그녀들에게 다가와서 의자에 앉았다. 그리고 가방을 두고는 자동판매기에서 커피를 뽑아 왔다.

"금희 언니는 이미 오래 전에 내당동으로 이사했고, 상정 오빠는 이사한 곳이 백은동인가예?"

순정이 말했다.

"그래, 맞아."

"이사한 후 그전에는 한 달에 한 번꼴로 동변에 나타난다고 하더니 요즈음에는 동변에 잘 나타나지 않는다 카데예.”

"꼭 그렇지만은 아니지러. 요즈음도 두 달에 한번 꼴로
동변에 가지."

"남영호 오빠는 이제 재산 다 떨어 먹고 두 달에 한 번도
안 온다 카데예."

"아마 그런가 보지. 아냐, 이제는 어디론가 종적을 감추
었고 어디서 사망했다는 말이 나돌고 있더라."

"그런데 영호 오빠의 누이인 남연숙은 다른 동에 살고
있다고 카던데, 진원기 오빠와 결혼하게 되어 있다고 카
데예."

"사실이 그래. 그런데 금희 씨는 오후에 수업이 있어?"

"5, 6교시에 강의가 있어."

금희는 그러면서 일어섰다.

순정과 상정은 금희와 헤어지는 인사를 하고, 둘은 산
길로 올라가서 함께 걸었다. 한참 걷다가 순정이 입을 열
었다.

"사실은 나도 경성 오빠와 헤어졌어예."

"뭐라고? 그게 사실이야?"

"그래예, 사실이라예."

"둘은 절대로 헤어질 일은 없는 것 같았는데. 안됐군."

"안될 것도 없어예. 이재에만 밝은 인간이었으니까."

"그런데 헤어져 각각 한쪽으로 떨어져 나가면 쓸쓸해 견디기가 몹시 힘겨울 텐데……."

"속 시원히 잘 됐지예."

"햇볕을 안 보았거나, 고민을 했거나 하여 얼굴이 핼쑥해졌네."

"원래부터 아주 흰 살결이었잖아예?"

"하기는 그래. 그래도 고뇌한 흔적이 보이고 있어. 내가 위로주를 살게. 우리 이번 주 토요일에 만나. 오후 한 시에 향촌 다실에서."

"그래예, 상정 오빠."

정문 끝까지 그들은 산길을 걸었다.

정문 밖에서 상정은 수성못으로 가는 버스를 타고, 순정은 동변행 버스에 올랐다. 수성못으로 가는 버스 안에서 상정은 순정의 이미지를 다시 떠올렸다. 육체의 각선미와 온몸의 건강미를 탐스러워 했다. 한편 동변행 버스 안에서 순정은 한번 상정을 생각해 보았다. 상정은 이재에만 밝지 않고, 그의 아버지를 닮아 비교적 순수한 연구가일 것 같다고 판단하여 점수를 후하게 주었다.

그들이 만나서 술을 마실 때에도 순정은 상정에게 눈물을 보였다. 토요일 환한 대낮이었음에도 그러했다.

그 후 14일이 지났다. 그들 둘은 여러 번 더 만났었다.

상정이 궁금증을 풀려는 듯 물었다.

"순정 씨의 아버님은 어디서 무엇을 하시지?"

"서울 삼청동에서 무역회사 대표이사가 되어 있어예."

상정은 재빨리 마음속에서 계산을 했다. 무남독녀로 재산 상속을 무시할 수 없겠군. 그것은 결혼의 적지 않은 소위 '지참금'이 되지.

그 뒤 7일이 되자 그들은 K대 도서관에서 자연스럽게 만났다. 그들은 동변 금호강가로 가서 강변을 걸으면서 이야기를 주고받았다.

"엄마도 돌아가셨고 나는 장남이라서 되도록이면 빨리 결혼을 해야 되겠다고 주위 사람들이 말을 꺼내더군. 시월 말이면 취직 시험을 치게 되어 있어."

"오빠, 오빠는 아버님처럼 땅을 가까이 하여 연구를 해야 하지 않겠어? 전공한 과도 '농업경제학'이겠다……"

"나는 아버지처럼 연구하는 끈기가 없고 혜안을 갖지 못했어. 그래서 농협에 취직하는 길이 빠른 길이라 생각했어. 그리하여 농업경제학뿐만 아니라 경제학 전반을 공부하면서 농협에 원서를 냈어. 우리 결혼하자."

"정식으로 하는 청혼인가예?"

"그래, 정식이지."

"좋아예. 하려면 되도록 빨리 해야 되겠어예."

그들은 다음에는 열흘 뒤에 만났다.

상정이 말을 꺼냈다.

"늦게야 알았지만 어쩌다 보니 아버님 영정 아래에 가보지 못했어. 정말 미안하대이."

"괜찮아예. 연락을 늦게 한 우리가 잘못이었어예."

"그런데 아버님은 연세도 그다지 많지 않으신데 어째서 돌아가셨지?"

"아버지는 무역상으로서 대표이사로 계셨던 기업인이었어예. 그런데 수출품이 될 '김'의 작황이 너무 나빴어예.

도대체 수출할 물량도 기일 내에 채울 수가 없었어예. 그런데 수출 보험에도 가입하지 않았지예. 그러나 FOB 가격으로 하여 선적일에 본선에 인도만 하면 대금을 받을 수 있었는데 기일 내에 선적을 못했어예. 그러자 클레임이 제기되고 수출대금은 전혀 받을 수 없게 되었지예. 그래서 이번 선적 때에 기업이 도산되고 말았지예. 그래서 사방에 채무가 많은 아버지는 빌딩에서 투신하여 돌아가셨어예. 재산한 푼 못 건지고예."

순정은 울고 있었다.

그때 상정은 생각했다. 무남독녀가 아무것도 아니구나. 말하자면 '지참금'은 한푼도 없는 거지.

상정은 생각을 끊고 말했다.

"우리 결혼은 두 달 뒤로 미루자. 집에서의 긴요한 일이 있기 때문이지."

"예, 그러지예."

그 후 농협 입사 시험에 합격한 상정과 순정이 만났다.

순정이 매우 미안한 기색을 하면서 말했다.

"미안해예, 상정오빠. 우리는 결혼을 하겠지만 홀어머니는 혼자가 되어예. 우리가 모셔야 되겠어예. 병이 있어서 모실 날도 많지 않겠지만예."

상정은 마음속으로 찌푸러진 기색이었다. 이른바 지참금이라고 불리워지는 것까지 없어졌는데 이번에는 장모 부양이라는 빚까지 떠안게 됐네. 이런 결혼은 하지 않는 게 좋겠어.

이렇게 생각을 이어가던 상정은 넌지시 말했다.

"우리 결혼은 천천히 생각해 보자. 나는 1월달 입사 후 곧바로 군대에 가야 하겠어. 순정은 상정의 말을 꿰뚫어 보았다. 아니, 꿰뚫어보도록 강요하는 듯한 말을 재빨리 해석했다. 장모까지 딸린 가난한 신부는 맞아들일 수 없다는 것이군.

"상정 오빠, 오빠네의 사정이 여의치 않은가 보지예. 곧 군대에 가야하고예."

순정은 그러더니 기어 장치를 한 단계 더 높이듯 재빨리 말했다.

"오빠, 우리의 혼담은 없던 걸로 하지예. 확실히 해 놓고 군대에 가야 하지 않겠어예? 매듭을 지어야 하지예. 여자

185

의 기업 취업은 거의 없으니 4급(현재 7급) 공무원 시험을 치르고 나 혼자서 엄마를 돌봐 드리겠어예. 그리 알고 군 복무를 위해 아무 걱정 없이 안녕히 가서예."

순정은 화냄이 없이 담담하게 말했다. 그리고 또 생각했다.

동변의 경성이와 별로 다름이 없구나. 돈과 이재에만 밝은 치들이지. 다시는 너희들과 상대하지 않겠어. 똥무더기 같은 것들……. 이제 완전히 등을 돌린다.

나는 4급으로 합격하여 농촌진흥청 같은 곳으로 들어가서 엄마를 가까이 모신다. 어디 이것들 잘 살아 보아라.

그후 상정은 입대를 하고 순정은 4급 공무원 시험에 합격하여, 그녀의 생각대로 농촌진흥청에 발령을 받아 홀몸으로 어머니를 모셨다.

진원기는 어떻게 되었을까? 그는 남영호의 누이 동생 남연숙과 혼담이 있었고 제대하여 남연숙을 데려와 결혼을 했다. 남영호는 재산을 다 떨어먹고는 행방이 묘연하더니 어디선가 사망했다는 말이 떠돌았다. 한편 진원기의 어머니는 인품이 넉넉하여 남연숙의 인물과 성격과 손재주를 보고 혼수 같은 것 다 생략하고 며느리로 맞아들였다.

　　　*

　경성은 예정대로 명선과 결혼을 했다. 향우도 석사 과정
을 마치고 윤숙과 결혼을 했다. 그리고 석사 장교로 입대했
다. 그리고 고인이 된 창호와 행방불명된 남영호를 제외한
'능금꽃' 회원 모두 제대하여 학업을 마치고 결혼했다. 종
규까지 결혼을 한 것이다. 부산 출신의 이난희와 결혼했다.
　죽기 전의 창호는 이화여대 앞에서 향우와 함께 하숙을
했는데, 역시 같은 집에서 하숙을 하던 Y대 의과대학 조정
혜와 친숙해져 있었고 휴가 때는 조정혜를 동변까지 데리
고 와서 부모에게 보이기까지 했었다. 그렇게 해 놓고 창
호는 혼자 떠나 버리고 만 것이다. 그렇게 창호는 많은 사
람을 쓸쓸하게 했다.

　토지 총 7,000평 중에서 5,000평을 매각했던 남인수 씨

는 벽돌 공장을 치워버리고 연사 공장을 증설했다. 그리고 나머지 2,000평 중 공장과 집을 제외한 토지를 모두 매각했다.

연사 공장은 진도작 씨의 그것보다는 대규모가 아니었으나 상당히 커서 운영하기가 빠듯했다. 단기 운전 자본이 많이 필요했는데 외상매출금을 적기에 회수하지 못함으로써 충분한 운전 자본을 확보하지 못했다. 그리고 미지급비용(미지급 원재료비 등)을 갚지 못함으로써 부채가 늘어났다. 그리하여 부도가 나고 말았다.

부도가 난 다음 날 남인수 씨는 외제 승용차에 부인을 태우고 손수 운전하여 경주로 향했다. 남인수 씨는 진도작 씨와 함께 외제 승용차를 타고 거들먹거린다는 것은 사실이었다. 운전도 숙련된 편이 아니었다. 고속도로로 진입하자 얼마 안 가서 시속 150km로 속도를 높였다. 속도를 좀 더 높이자 주체를 못 하고 중앙분리대를 받고 넘어가서 화물트럭과 충돌했다. 남인수 씨 부부는 그 자리에서 즉사하고 말았다.

영호는 재빨리 은행에서 아버지의 예금을 모두 인출했

다. 그리고 상속할 수 있는 재산 가액보다 부채가 더 많았으므로, 향우의 아버지 김하운 씨의 도움을 받아서 상속 포기서를 작성했다.

영호는 현금만을 챙기고 동변을 떠나 시내로 자취를 감추어 버렸다. 그리고 나중에는 '능금꽃'에 연락을 끊어 버렸다. 사과꽃의 덧없는 번영이 가장 먼저 막을 내린 가문이었다.

민병소 씨는 토지 총 18,000평 중 6,000평을 매각하고 1,000평으로 집 장사를 하여 25개 집 가운데 9개 집이 분양되고 나머지 16개 집이 미분양되어서 막대한 손실을 보았다는 것은 이미 이야기되었다. 남은 토지는 11,000평이었다.

그리고 유원지의 두 곳 케이블카와 구름다리를 헐값으로 매각해 버렸다.

한편 경성의 처 명선의 약사 자격증으로 약국을 아주 크게 개설한 것이 역시 실책이었다. 임차료와 인건비만 많이

먹히고 판매가 부진했다.

　세월이 동변 강물 가운데 빠른 물살같이 흘러 몇 년이 지나갔다. 민병소 댁내의 액운이 닥쳤다. 양조장에서 쌀막걸리의 생산이 금지되었다. 일국의 식량으로서 쌀 부족 때문에 법령으로써 금지한 것이었다. 하는 수 없이 옥수수를 원재료로 하여 병 막걸리를 생산했다. 그리하니 매출은 급감했다. 오히려 대체재인 소주가 잘 팔렸다. 시간이 더 지나도 옥수수 막걸리는 인기가 시들했다.

　이로써 민병소 씨 댁내의 총소득은 치명적으로 급감했다.

　조정발 씨는 토지 총 7,000평 중에서 전혀 매각을 하지 않고 양배추, 양파, 토마토를 재배했으나 토양이 좋지 않아 작황이 좋지 않았다고 했었다. 세월이 흘러가도 개선되지 않았다. 토지를 사랑하는 조정발 씨나 농경제학과를 나온 상정도 어쩔 수 없었다. 맬더스의 이론대로 토지의 한계성을 이해하는 상정은 땅을 팔자고 했다. 그러나 조정발 씨는 반대했다. 근근히 소득이 나는 상황에서 조정발 씨는 시름 시름 병들어갔다.

"내년에 객토하자!"

이렇게 말하는 조정발 씨는 죽음에 가까워지고 있었다.

어느날 병상에서 조정발 씨는 이렇게 말했다. 혼수상태에서 간신히 속삭였다고 할 수 있다.

"저―능금꽃이 ⋯⋯피, 피었나?"

상정은 눈물을 흘리면서 대답했다.

"예, 아버지, 능금꽃이 피었습니다."

"능금꽃 향기가 ⋯⋯지, 진동하나?"

"예, 지금 밖에 향기가 진동합니다."

"올해는 능금이 마,많이 ⋯⋯여, 열리겠제. 그 좋았던 예, 옛날처럼⋯⋯"

그리고는 조정발 씨는 숨을 거두었다. 누구도 변해 버린 세월의 쓸쓸함을 어찌할 수 없었다.

상정은 얼마 안 가서 토지를 싼값에 매각해 버리고 시내 백은동으로 떠났다. 얼마 후 찾아온 향우는 격세지감과 유사한 감정을 느꼈다.

서윤락 씨는 토지 총 9,000평에 양배추, 양파, 토마토를 재배했다고 했었다. 채소 재배는 차츰 작황이 나빠졌다. 원래부터 토질이 비옥하지 못 했는데다가 재배를 함으로써 점차 토양이 부실해졌다. 그리고 서윤락 씨는 은행 예금을 인출하여 자본 이익률이 높은 진도작 씨의 중소기업을 관망하고 높은 이자율로 대여했다.

서윤락 씨의 토지는 조정발 씨의 토지처럼 근근히 소득을 내었다. 객토를 하더라도 많은 비용이 들고 오래 가지 못할 것 같았다. 서윤락 씨와 종규는 아무래도 다른 사업으로의 전환이 절실하다고 느꼈다.

그들 부자는 말로가 비참해질 것만 같은 감상에 빠졌다.

진도작 씨는 원래의 토지 10,000평에서 3,000평을 매각하고 다시 5,000평을 매각했었다. 나머지 2,000평에서 공장과 사택을 제외한 땅을 모두 매각했다. 그리고 공장을 최대한 증설했다. 그리하여 형식상으로 주식회사인 중소기업으로 확장되었다.

시설 투자를 많이 했으므로 고정자산은 많았으나 그만큼 단기 운전 자본은 빠듯했다. 특히 외상매출금을 적기에 회수하지 못함으로써 단기 운전 자본이 원활하지 못했다. 그래서 미지급 비용(미지급 원재료비 등)이 많았다. 바로 부채인 것이다. 그리고 단기 운전 자본을 충분히 확보해 놓기 위해 사채私債를 많이 차입하고 민병소, 서윤락, 나석해에게 채무를 졌다.

그런데로 순이익을 많이 내어서 자본 이익률은 컸으나 자본 회전율은 크지 못했다.

전반적인 섬유업계가 오랫동안 호황을 누렸으나 차츰 눈에 띄게 시들어가고 있는 것도 진도작 씨에게 부담을 주었다.

진도작 씨는 과다한 채무로 인한 부도가 나기 전에 남몰래 계획을 세웠다. 당사자만 알고 몰래 기업을 양도하기로 했다. 그는 인도 전날까지 잔금을 받았다. 그리고 그날까지 사업상 챙길 수 있는 모든 현금을 챙겼다. 부채도 갚지 않고 사채를 더욱 차입했다.

그리고는 밤 한 시를 기해 트럭에 짐을 실었다. 친척인 종업원 운전사에게 트럭을 운전하게 했고 원기가 운전하는 외제 승용차에 진도작 씨 부부와 아내 남연숙이 탔다.

"도둑의 딸이 되었지만, 명선아, 부디 잘 살아라. 대신에 며느리 남연숙은 도둑 식구가 되고 말았구나."

원기와 명선의 어머니가 눈물을 흘렸다.

그리고 밤 두 시가 안 되어서 도주했다. 어디로? 사람이 많아서 오히려 찾기 어렵다는 서울로였다.

정오쯤 되어서 동변 사람의 일부가 도주 사실을 알았다.

"사돈인데다가 몇십 년의 의리를 저버리고 돈을 떼어 먹다니!"

민병소가 분개했다.

"칠푼이 최칠석의 애비 최점현 식이로군."

"그러나 교육까지 받은 작자가……"

채권자인 서윤락, 나석해도 이렇게 분격했다.

나석해 씨는 원래의 토지가 총 10,000평이었는데 세 번에 걸쳐서 8,000평을 매각했다. 소유한 가게는 미곡 창고(싸전), 양품점, 아이스크림점, 제재소, 양복점, 양화점이었는데, 미곡 창고를 제외하고 모두 문을 닫았다.

그런데 창호가 세상을 떠나고 몇 년이나 흐른 최근에 양곡 창고에 불이 났다. 원인은 누전이었다. 곡물의 대부분과 창고의 대부분이 소실되었다. 보험에 가입되지 않았었다. 가입되었더라도 우리나라 보험업의 초기였으므로 보험금을 지급할 정도로 보험회사의 재정이 윤택하지는 못할 정도였다.

나석해 씨는 나머지 토지 2,000평을 매각했다. 곡물을 구입하고 창고를 보수했다. 그리고 그전부터 소지하고 있던 은행 예금의 일부를 투자하는 셈치고 진도작 씨에게 고이율의 이자로 대여했었다.

양곡 창고는 나석해 씨의 마지막 재산이나 마찬가지였다.

창호가 세상을 떠난 후 나석해 씨는 슬픔과 근심으로 시름시름 아팠다. 그러다 병석에 눕게 되었다. 병원의 진단으로는 간암 말기였다.

어느날부터 혼수상태에 빠졌다. 나 씨의 부인과 창호의 동생 근호가 임종을 지켰다.

혼수상태에서 얼마간 빠져나온 나석해 씨가 속삭이듯 말했다.

"능금밭에 매, 매미가 울어대나?"

"이제 능금밭은 없습니다."

근호가 대답했다.

"왜 느, 능금밭이 어, 없노?"

아버지가 다시 속삭이자, 근호는 정신을 차리고 말했다.

"예, 아버지, 능금밭에 매미가 울고 있습니다."

"그, 그래. 느, 능금 알은 크고 마, 많나?"

"예, 아버지. 크고 많이 열렸습니다."

"그, 그래. 이제는 크, 크고 마, 많을 기다. 예, 옛날처럼……"

나석해 씨는 숨을 거두었다. 세월의 쓸쓸함을 뱉어내고…….

종말과
삭막한 죽음들

칠석이 돌아왔다.

그의 아버지와 어머니는 세상을 떠난 후였다. 그는 어머니의 죄를 미안해한다기보다는 부모를 일찍 죽게 한 것은 동변 사람이라고 단정 짓고 동변 사람에게 원한을 품었다. 어머니가 세상을 떠나자 아버지와 칠석은 탄광 갱 속에서 일했다. 술에 의한 병으로 아버지마저 세상을 뜨자, 칠석은 동생 종석을 데리고 서울로 갔다.

그들 둘은 동대문시장에서 주먹 세계에 편입되었다. 처음에는 고전을 면치 못했다. 그러나 시간이 흐르자 반대편을 누르고 이권에 우위를 차지했다.

그러나 치안 당국은 대대적인 단속에 나섰다. 그리하여 주먹패들은 지하로 잠적했다.

칠석은 천신만고 끝에 합법적으로 동대문시장에서 여름철 얼음과 겨울철 기름을 전문적으로 공급하는 규모가 큰 가게를 차릴 수 있었다. 그전 똘만이들에게도 일자리를 줄 수 있었다.

세월이 더 흐르자 칠석은 T시로 내려왔다. C시장 가까이서 호프집을 포함한 술집을 다섯 군데나 개설했다.

그리고는 동변의 경성을 찾아왔다.

"칠석아, 이거 얼마만이고?"

"그래, 너무나 오랜만이다. 나는 시내에서 술장사를 하고 있다. 느그 집이 변화한 역사는 들어서 알고 있다. '능금꽃'의 다른 친구들의 소식도 알고 있지."

칠석은 그러면서 자신이 살아온 자초지종을 이야기했다. 칠석은 표준어에 가까운 억양으로 언어를 구사했다.

"칠석아, 초등학교 3학년 때 너는 장래에 주먹을 쓰더라도 부자가 되겠다고 말했제? 너의 계획대로 되었구나."

"부자는 무슨 부자……? 아직 멀었제."

"멀었기는 뭐가 멀었나? 너무 욕심부리지 마라. 그만하면 너는 알부자다."

"그래, 알겠다. 내가 할 수 있는 일이 있으면 도울 테니, 내가 필요하면 나를 불러라."

"그래, 너는 오래도록 동변 '능금꽃'이구나."

"반갑게 맞아 주어서 고맙다."

"칠석아, 우리 술 한잔할까?"

"그래, 그렇게 하자."

둘은 검상1동 횟집으로 가서 술을 마셨다.

"여기서도 보다시피 우리 '동변막걸리'는 팔리지도 않는다."

"경성아, 외람된 이야기인지 모르지만 한번 사업을 전환해 봐라."

"다른 사업을 구상하기도 막막하지만, 멀지 않아 업종을 바꿔야 하겠다."

자가용을 경성의 집에 둔 칠석은 술에 취하자 택시로 집으로 갔다.

*

아직 땅을 팔지 않은 서윤락 씨는 시름시름 몸이 아프게 되었다. 그러자 경제권을 아들 종규에게 내어 주었다.

채소 재배 소득으로 은행에 예치한 예금 중 진도작 씨에게 떼인 돈을 제외한 나머지로 종규는 시내 동임동에 가구점을 개설했다. 가구점은 잘 되었다. 물건이 없어서 못 팔 지경이었다. 벌어들인 수익으로 사업을 확장했다. 시내 반일당과 대심동에 추가하여 가게를 차렸다. 역시 장사가 쏠쏠하여 사업이 번창했다. 물건이 없어서 못 팔 지경이었다.

종규는 욕심을 부렸다. 직접 물건을 만들어 팔기로 했다. 토지 총 9,000평 중 8,000평을 매각하고 나머지 땅으로 가구 공장을 세웠다. 직접 생산한 가구를 자신의 점포에 공급하여 큰 재미를 보았다. 나중에는 사채까지 얻어서 사업 규모를 확장시켰다. 경주와 포항에 지사를 세웠다.

그것이 문제였다. 해가 바뀌자 전국적으로 가구 회사가 수요의 급감으로 도산하고 있었다. 종규네도 도산하고 말았다.

종규는 채권자에 쫓기는 몸이 되어가고 있었다.

종규가 임종을 지켜보는 서윤락 씨의 마지막은 쓸쓸하기 그지없었다. 정신이 오락가락하는 서윤락 씨는 처량한 말을 내뱉고 있었다.

"홍옥 능금이 빠, 빨갛게 이, 익고 있나?"

"예, 아버지."

"고르뎅(골든)은 노, 노랗게 이, 익고 있나?"

"익고 있습니다, 아버지."

"예, 옛날처럼 자알 익고 있겠지. 조저, 정발 어른이 자, 잘 가르쳐 줘서 자, 잘 전수 바, 받았는데. 예, 옛날은 다, 다시 도, 돌아온다."

이것이 서윤락 씨의 마지막 말이었다. 덧없는 세월 속에 빨간 홍옥이 녹아들고 있었다.

그즈음 종규는 경성의 집에 피신하여 밥을 얻어먹고 있었다.

그러다가 서울로 도망쳐서 S대 조교수 향우의 집에 숨어서 숙식을 해결하고 있었다.

그 후 얼마 더 있다가 차비를 얻어서 동변에 내려와서

'얼음 창고' 낚시터에 투신하고 말았다. 그 옛날 뜸부기 새끼와 메추라기 새끼를 망태기에 담고 보듬던 소년의 시절로 되돌아갔다.

시신이 경찰에 발견되어 화장되었다. 그리고 재는 철교 밑 강물에 뿌려졌다. 향우와 경성의 손에 의하여……

*

민병소 씨는 원래의 토지 총 18,000평 가운데 6,000평을 매각하고 1,000평을 집 장사를 하는데 사용했다고 했었다. 남은 토지는 11,000평이었다. 다시 2,000평을 매각했다. 그리고 매출이 형편없이 떨어진 양조장을 헐값에 매각했다. 그리고는 시내버스 8대를 사들였다. 예상한 것 이상으로 순이익이 많이 났다. 콩나물시루가 되도록 사람을 많이 실었기 때문이었다. 명선이 경영하는 약국은 규모를 줄였다.

그런데로 민병소 씨는 시름이 덜어졌다. 이룰 것을 이루지 못한 민병소 씨는 사업 일선에서 물러나고 아들인 경성이 이룰 것을 이루도록 경제권을 넘겨주었다. 소식을 알 수 없는 진도작 씨를 제외하고 나머지 친구들을 거의 다 잃어버린 민병소 씨는 무척 외롭게 세월을 보내고 있었다. 이제 만나는 친구는 향우의 아버지 김하운 씨뿐이라고 해도 과언이 아니었다. 건강한 김하운 씨는 여전히 사료상회와 건재상회를 겸업하고 있었다. 이미 이야기된 대로 향우는 서울에서 S대학교 조교수가 되어 있었다. 사업 일선에서 물러난 민병소 씨는 아들 자식 잘 둔 김하운 씨를 부러워했다. 그리고 둘이서 옛날애기를 많이 했다. 그럼으로써 옛날을 재현해 내려고 했다.

그러면서 민병소 씨는 만 1년을 편하게 보냈다. 하지만 운명의 여신 클로토는 민병소 씨를 그대로 두지 않았다. 민병소 씨는 폐암 말기 선고를 받고 병원에 입원했다. 이미 부인을 사별한 민병소 씨는 경성과 경민과 명선을 앞에 둔 채 임종을 맞이했다. 죽음에 임박한 민병소 씨 역시 정신이 오락가락했다.

"여기가 어디고? 우리 워, 원두막 가, 같구나."

경성은 긍정도 부정도 할 수 없었다.

"예, 아버지."

"동변강물에 토, 통통배가 떠, 떴느냐?"

"예, 아버지, 동변강물에 통통배가 떴습니더."

"현인의 노래로 '시, 신라의 달밤'이 나, 나오나?"

"예, 아버지. 통통배에서 나옵니더."

"'떠, 떠나가는 기, 김삿갓'은……?"

"아직 안 나오지만 곧 나올 것입니더."

"해방 후 며, 몇 년 동안, 그, 그리고 휴전 후 며, 몇 년 동안이 조, 좋았었는데. 과, 과수원 주인에게는 거, 걸그작거리는 게 어, 없었지. 그, 그런 때는 다시 도, 돌아올 기다."

이것이 동변 제1의 갑부였던 민병소 씨의 마지막 말이었다. 대표해서 동변에서의 영화를 지키려 했던……. 그러나 영화는 나른한 봄꿈 속에서와 같이 어디로인가 사라져 가 버렸었다.

시내버스 사업에서 많은 순이익을 챙긴 경성은 그때가 놓칠 수 없는 절호의 기회라고 판단했다. 기회는 언제나 있는 게 아니다. 한두 번 있는 기회는 반드시 잡아야 한다. 놓치면 두고두고 후회 거리가 된다. 버스를 증차하자. 이 기회에 옛날을 회복하듯이 일어나자.

그는 남은 토지 9,000평 중 7,000평을 매각했다. 그리고 시내버스 22대를 추가 구입하여 총 30대가 되었다.

얼마 동안 순이익이 크게 불어났다. 경성은 쾌재를 불렀다. 아버지가 더 오래 살아 계셨어야 했는데―하는 원망願望이 그의 가슴 한 귀퉁이를 자리 잡고 놓지 않았다.

그의 예금 통장 잔고는 그전 양조장 시절보다 빠르게 불어났다.

그러나 운명의 여신 클로토는 이번에도 그대로 두지 않았다. 차 사고로 인명 피해가 났다. 그것도 1건이 아니라 일정한 기간을 두고 4건이나 인명 피해가 났다. 1건에 평균 버스 8대를 처분해야 했다. 불운하게도 그 당시에는 자동차 보험 제도가 없었다. '설마……' 하며 다른 보험에도 가입하지 않았었다. 그는 여러 차례에 걸쳐 버스 30대를 모두 처분해야 했다. 그에게 남은 것은 토지 500평과 집과 임차한 약국뿐이었다.

불운에 불운이 겹쳤다. 운명의 여신은 짓궂었다. 경성의 아이를 갖지 못한 아내 명선이 자궁암에 걸렸다. 진단이 늦어서 암 조직이 자궁 밖으로 전이되었다. 좀 더 이른 시기에 발견했더라면 자궁만 절제하면 생명은 구할 수 있을 것이었다.

"내가 조금만 일찍 신경을 썼더라도 생명은 구할 수 있었지."

경성은 눈물을 흘렸다.

"아니라예. 자신도 증세를 느끼지 못했는데 남이 어떻게 짐작을 합니꺼?"

"내가 어떻게 남이야?"

"남이란 자신이 아닌 모든 사람을 가리키는 거지예. 너무 절망하지 말아예. 운이 나빴을 뿐이라예."

얼마 후 명선은 조용히 떠나가 버렸다.

이렇게 몇 해 동안 여러 사람이 허무와 무상의 시간을 들이키고 이쪽 세상에서 저편으로 떠났다.

*

젊은 나이에 S대 정교수가 된 향우는 동변에 1,000평의 땅을 샀다. 경성에게는 알리지 않았다. 그에게 자그마한 상처도 주고 싶지 않았기 때문이었다. 그러나 비밀 사항은 아니었다. 자연스럽게 알려질 가능성도 있었기 때문이었다.

동변 역전 남동쪽에 있는 농지였다. 이전에 과수원이 아니었던 농지였다. 향우는 그 땅에 사과나무 묘목을 심었다. 꽤 오랜 세월 후에 사과가 열릴 것이라고 했다. 그때가 되기 직전에 아직 건강한 아버지와 어머니를 위하여 그 땅의 한쪽에 집을 지어 이주시킬 계획이었다. 그리고 향우 자신과 윤숙의 노년기를 위한 배려도 있었다. 학교에서 정년퇴직하면 사과나무 숲속을 거닐며 농사도 짓고 저술을 하고 싶었다. 그리고 '능금꽃'의 기다리는, 욕심을 부리지 않는 실현자가 되고 싶었다.

그러나 운명의 여신은 향우에게도 눈물을 떨어뜨리게 했다. 사과나무 묘목을 심은지 1년이 지났다. 아들 하나와 딸 하나를 낳은 윤숙이 유방암으로 불귀의 객이 되고 말았다.

윤숙은 병원에서 임종을 맞았다. 봄날이었다.

"이봐, 당신, 가면 안 돼. 우리의 앞날을 위하여 동변에 사과나무를 심었단 말이야. 죽지 말어. 제발 가지 말어.”

“의무를 지키지 못해 미안해요. 동변의 사과밭은 우리의 이상향이 될지도 모르는데…….”

“이상향은 무너지고 있어.”

“당신 혼자 고적함을 이겨 내고 사과나무 숲속을 걸어요. 당신의 그림자 끝에는 내가 따라다닐 거예요. 함께 가는 거예요. 당신은 혼자가 아니어요.”

“그래, 둘이서 함께 걷는 거야.”

“안 돼요. 당신은 새로이 결혼해야 해요. 그 많은 세월을 어떻게 혼자서 보낼 작정이세요?”

“당신은 떠나면서 당신과 단둘이 걷는 것도 못 하게 구속할 거요?”

“세월이 가면 내가 잊혀질 거예요. 눈물을 거두세요. 하고 싶은 말이 있어요. 내가 떠나고 나면 나의 재는 동변 다리 밑에 뿌려 주세요. 우리가 처음 만났던 곳……. 자, 잘 이, 있어요.”

그러면서 윤숙은 숨을 거두었다.

그녀의 유언대로 향우는 동변 A교 밑에 그녀의 재를 뿌렸다. 몇십 년 전과는 달리 환경 파괴로 강물은 몹시 오염되어 있었다. 하지만 그녀는 뿌연 강물 속에서 예쁜 둥근 눈으로 웃고 있었다. 강물에 비친 아침 햇살이 어지러웠다.

그녀도 세월의 쓸쓸함에 매달려 달랑거리다가 떨어졌다.

유치장의
바닥 면적과 철창

여름 방학이 되자 향우는 낚시 도구를 들고 경성을 찾아
갔다. 함께 낚시 가자고 전화 약속이 되어 있었다.

경성은 남은 500평 토지의 한쪽(집 뒤)에 폐나일론을 원
재료로 하는 나일론 연사 공장을 돌리고 있었다.

"죽지 않으려는 호구지책으로 공장을 돌리고 있어."

경성이 말했다.

"너도 좀 변했구나."

"죽지 않으려면 변할 수밖에……"

"경성아, 죽는다는 말은 하지 마라. 없는 사람에게는
500평 토지도 넓은 땅이야. 알 수 있나? 다시 일어설 수 있

는 발판이 될지……."

"향우야, 위로하지 마라. 우리 가문을 망하게 한 잘못은 나에게 있다. 내가 죽일 인간이지. 우리 낚시나 가자."

"너도 나처럼 인생의 반려자를 잃은 황량한 가슴으로 견디고 있군. 명선은 처녀 때 무척 건강했었는데."

둘은 각각 낚시 도구를 들고 입선동 버스 정류장으로 향하여 걷고 있었다. 한참 만에 경성은 침묵을 깼다.

"명선은 내가 죽인 거나 마찬가지야. 돈벌이에 정신이 팔려 아내의 건강을 챙겨 주지 못했지. 살릴 수 있었는데……."

"그런 식으로 따지면, 나도 그렇고 누구든 죄인이야. 자학하지 마라."

그들은 버스를 타고 새로 개교한 동변중학교 앞에 내렸다. 그리고 강둑을 넘어 수초와 갈대가 많은 늪지로 내려갔다.

"우리가 젊었을 때 나는 여기서 성희 누나와 윤숙을 만났었지. 늪에서 갈대를 배경으로 하여 반딧불이가 춤을 추었었지. 밤이 되면 반딧불이는 여전히 춤을 출 거야. 성희와 윤숙이 저편 세상으로 훌쩍 건너간 지도 모르고······"

"나도 '얼음 창고' 절벽 위에서 순정이와 키스를 했지. 그리고 그 애와 강 건너 포장마차에서 각각 한 잔의 술을 함께 마셨어. 너와 나는 나이에 비해 조숙했제. 지금 순정이는 나의 초라해진 모습을 상상하고 홍소를 터뜨릴 기다. 마음대로 웃으라지. 그렇게 해 주면 오히려 내 가슴이 시원해지겠다."

그들은 늪지를 지나 조용히 걸었다. 한참 걸으니 갈대숲이 나오고 좀더 걸으니 부들의 숲이 나타났다. 곧 '얼음 창고' 절벽을 강 건너에 둔 낚시터가 나왔다.

그들은 비교적 가까이 거리를 두고 앉아서 낚시질을 했다. 한참 동안의 침묵의 덤불을 헤치고 향우가 입을 열었다.

"여기는 종규가 절벽에서 몸을 던진 곳이다. 경성아, 너 다시 옛날을 회복할 수 없냐? 진정 다시 일어설 수 없냐?"

"객관적으로 보나 주관적으로 생각하나 옛날을 다시 회복하기는 어려운 것 같다."

향우는 강물을 바라보았다. 하류 쪽에 비해서는 낫지만

옛날보다는 상당히 혼탁해져 있었다. 경성이 혼잣말하듯이, 읊조리듯이 중얼거렸다.

"일어설 수 있더라도 재산을 물려 줄 자손이 있어야 어쩌든지 하지."

"자손이야 재혼하면 된다. 아니면 경민이의 둘째 아들을 양자로 데려오면 된다."

"아, 그런 아이디어를 마음속에서 떠올리지 못했군."

"막다른 막장을 코앞에 두고 서 있으니……. 경성아, 명선에게는 미안한 일이지만 재혼을 해라. 자손만 생기는 게 아니라 인생의 새로운 반려자가 생긴다."

"향우 너는 재혼할 생각이 없나?"

"나는 생각이 없다. 이대로 살 수가 있으니까. 그리고 어머니가 도와주시고 딸이 커 가고 있고 먼 후일 며느리가 생긴다. 나는 연구나 저술에 전념하고 싶다."

"재혼……, 나도 모르겠다. 한번 생각해 보지. 아, 고기가 물었다. 너도……."

둘은 잉어를 잡아 올렸다.

"경성아, 이제 '능금꽃' 회원은 너와 나와 상정이와 칠석이 정도만 남았다. 지금 '능금꽃' 회원들과 그들 아버지들을 비판해 보면, 첫째로 욕심을 너무 부렸고, 둘째로 너무 조급했다. 기다리지 않았다. 그것들이 후퇴를 초래했다. 그것들을 반성할 거울로 삼아 천천히 다시 일어설 수 있지 않을까?"

"욕심을 너무 부렸고, 너무 조급했다는 말을 들으니 기분이 나빠지는구나. 좋아, 그 말들을 받아들인다 해도, 욕심을 부리고 기다리지 않고 조급해 했던 것은 우리가 원래 가지고 있던 너무나 많은 것을 잃었기 때문이었다. 원래 가진 것이 많았던 우리는 기득권이 있었고 일종의 특권 같은 것이 있었다. 가져 보지 못했던 사람은 이해할 수 없다. 너도 창호처럼 기득권은 없느니, 특권은 없느니 하며 말할 셈이가?"

향우는 짧은 순간 생각에 빠졌다. 아직도 정신 못 차리고 있군. 기득권, 특권? 언제부터 그런 것이 있었나? 휴전협정 때부터? 해방 직후부터? 이조시대부터?

그는 냉정을 회복하고 말했다.

"창호는 '가짐'을 경험한 자로서 한번 반성하면서 그런 말을 했을 뿐이다. 그를 너무 나무라서는 안 된다. 나도 그런 말을 해서 너를 기분 나쁘게 하고 혹시라도 상처를 주거나 하고 싶지 않다. 그런 것에 대해서 나는 잘 모른다. 그런데 경성아, 큰 욕망과 조급증을 뿌리치고 옛날의 완전한 회복을 포기하거나 다음 세대로 넘기고, 한번 소박하게, 작게 일어서는 삶을 택하는 게 어떠냐? 또 하나 선의의 비판을 하자면, 우리는 너무 물질적 부귀영화를 추구했다. 대신 정신의 쾌락주의자가 되는 것이 어떠냐? 너는 사학을 했기 때문에 정신의 쾌락주의를 잘 이해할 것이다. 경성이 니가 아는지는 모르지만, 나는 동변에 땅 1,000평을 사서 사과나무를 심었다. 너도 1,000평으로 토지를 불리는 것은 그다지 어렵지는 않을 것이다. 그리고 사과나무를 심어라. 그리고 너와 나 오순도순 꿈 이야기를 하면서 살아가는 것이 어떠하냐? 필요하면 칠석이도 상정이도 부르고."

경성은 또 물고기를 잡아 올리고 말했다.

"향우야, 너의 이야기 뜻 잘 알겠다. 고맙다. 나로서 소위 '포기'는 할 수 있다. 하지만 나는 너와 함께 오순도순 꿈 이야기를 나눌 수 없게 되어 버렸다. 첫째, 나의 정신은 빈곤하다. 너와 같이 풍성하지 못하다. 둘째, 나는 1,000평 안에서는 못 산다. 지금처럼 파출소 유치장 안에서 몸부림 치는 격이 되어 버린다. 18,000평 안에서 살았으니…….유치장 한쪽 창살에 등을 기대고 한쪽 팔만 내뻗쳐도 닿는다, 떡 가로막는다. 아니, 반대편 강철 창살들이 몸체를 부풀리고 가슴을 향하여 조여 들어오고 있다. 나는 병 들어버렸다. 내 인생 끝까지 '파출소 유치장 안 몸부림'이 되어 버릴 것이다."

향우도 또 한 마리의 물고기를 잡아 올리고 말했다.

"안됐구나, 경성아. '파출소 유치장 안 몸부림…?' 너는 비극적 인간이 되어 버렸다. 너로서도 어쩔 수 없지. 너와 너의 아버지가 만든 병이다."

'얼음 창고' 절벽 기슭은 얼마간 어둡게 그늘져 있었다. 대낮의 풀벌레 울음소리가 강 수면을 훑고 있었다. 멀지 않은 곳에서 뜸부기가 쓸쓸한 향수를 불러일으키며 울었다.

몇 년이 지났다. 경성은 재혼을 하지 않았다. 경성의 병적 갑갑증은 극도에 이르렀다. 그의 말대로 '파출소 유치장 안의 몸부림'이 극에 달했다. 몸에 열이 오르고 땀이 났다.

경성과 칠석은 자주 만났다. 만날 때마다 둘은 술을 마셨다. 경성의 주량은 늘어만 갔다. 그들은 동변에 대한 불만을 터뜨렸다. 칠석의 불만도 컸다.

11월 어느날 칠석은 경성의 집에서 위스키를 마시며 이렇게 말했다.

"동변 사람들 때문에 어머니와 아버지가 빨리 돌아가셨다. 어머니는 그때 돈으로 240만 원 때문에 죄악감에 사로잡혀 헛소리를 하셨다. 우리는 떼어먹기만 한 것이 아니었다. 아버지가 말수레로 번 돈을 빌려주며 어머니가 일수놀이를 했지. 그러면서 우리가 많이 떼어먹힌 것을 사람들은 생각하지 않는다. 피차 도둑들이지. 그리고 지금도 동변 사람들은 내가 인사를 해도 인사를 받지 않는다. 동변 사람들은 예나 이제나 나를 두고, 칠푼이는 아니지만 팔푼이, 구

217

푼이라고 말하면서 내 뒤에서 손가락질한다. 더 할 수 없는 인간 모욕이지."

"치명적인 인간 모독이라고 말해야 하겠지."

경성은 선동하듯이 맞장구쳤다.

"당장 때려죽일 인간들이지. 동변에 확 불을 질러 버려야지. 정말 확 불을 질러 버리고 싶다."

칠석은 분노를 억누르지 못하고 있었다.

"불을 지르고 싶다고? 니 지금 진정으로 하는 말이가?"

경성은 칠석을 떠보듯이 물었다.

"그렇지. 진정으로 하는 말이다. 내가 언제 헛소리하는 것 봤나?"

"소리 죽여 말해라. 우리 공장 사람이라도 들으면 안 된다. ……사실은 내가 동변에 불을 확 질러 버리고 싶다."

"무엇 때문에?"

"놈들은 우리 땅 17,000평을 헐값에 빼앗아 갔다. 지금 동변 땅값이 20배로 올랐다. 물가 상승률보다는 훨씬 큰, 부풀어 오른 풍선의 크기 같은 폭이다."

"그래? 팔지 않고 그대로 갖고 놀기만 해도 큰 부자로 남을 뻔했군."

"놈들은 땅을 비싼 값에 되파는가 하면, 단층 집과 연립 주택을 지어서 집 장사를 하고, 담도 없는 허름한 집들을 지어서 세놓고 있다. 그리고 양조장은 팔고 나니 다시 쌀막걸리를 제조할 수 있게 되었다. 나는 철저하게 운이 없는 인간이다. 복수한다. 불을 질러야 하겠다. 그럼으로써 막대한 손실을 끼친다. 집들의 대부분이 보험에 가입하지 않았다. 아니, 손실을 끼치는 것보다 재산의 소유자가 불 타는 것을 보고 두려워하고 질리는 꼴을 보거나 상상해 보고 싶다. 무엇보다 불이 훨훨 피는 아름다움을 보고 싶다. 갇힌 자가 밖으로 튀어나와 병든 가슴이 탁 트이는 쾌감을, 참으로 아찔한 쾌감을 맛보고 싶다."

"경성아, 내가 적극적으로 도와주겠다."

"어떤 방식으로?"

"사람을 푼다. 25명 정도를. 그런데 여기 너의 집과 공장은 어떻게 하나?"

"물론 다 타게 해야 한다. 의심받지 않도록."

"경성이 너 엉뚱한 생각하는 게 아니야?"

219

"무슨 생각?"

"너 불 속에서 죽으려는 것 아니야?"

"죽으려면 동변 강물 속으로 빠져들지, 왜 하필이면 불 속이야. 천만에! 나는 악착같이 살고 싶다. 누가 죽이려 해도 살아남겠다."

"알았다. 그러면 불을 지르는 방법은? 물론 나와 24명의 나의 사람을 5대의 승용차에 나누어 태운다. 트렁크에 준비물을 싣고."

"시너에 적신 솜을 종이 자루에 넣고 종이 자루에도 시너를 묻힌다. 불붙인 그것을 한 사람이 세 집씩을 맡아 75가구에 던진다. LPG 가스통 부근, 집안의 전깃줄 부근, 그외 인화성 물건과 그 주위를 사전에 보아 두었다가 거기에 던지도록 한다. 12명 내지 13명씩 2줄이 되도록 한다. 한 줄은 맨 북서쪽 집의 줄, 또 한 줄은 맨 북서쪽 줄과 맨 남동쪽 줄 사이 대체로 중간쯤의 골목에 있는 집들을 말한다. 때는 12월 북서풍이 세차고 위력적으로 부는 날 밤 12시이다. 나의 전화에 의해서……. 불이 붙여진 것을 확인하고 신속히 차를 타고 제2A교를 이용해 퇴각한다. 그리고 불붙이기 전에 얼마 되지 않는 공중 전화선을 절단한다."

경성은 또박또박 말했다. 이때는 휴대전화가 탄생되기 이전이었다.

"알았다. 너는 우리가 오기 전에 대피해야 한다."

"그래, 알겠다. 사전에 잘 관찰해 두어야 하는 것을 잊지 마라."

"알았다."

미친 네로 황제와
나의 것

동변에 불이 붙어 퍼지고 있었다. 북서풍은 위력적이었고 그 위력을 얻어 불은 기세 좋게 타고 있었다. LPG 가스통 폭발하는 소리도 그다지 작지 않게 들려왔다.

경성은 그의 집 이층에서 밖을 내다보고 있었다. 불길은 현란했다. 우선 경성의 눈에는 신의 크고 아름다운 혀가 날름거리는 것으로 보였다.

말하자면 나의 것이었던, 나의 머리와 가슴 속의 파출소 유치장의 철창이 녹아내렸다. 나는 자유로워졌다. 18,000평보다도 상당히 넓은 땅에 붉은 꽃이 피어나고 있다. 지금 내 소유가 되어 가고 있다. 아름다운 불의 꽃이다. 짜릿할

뿐더러 아찔한 쾌감을 맛보고 있다.

집 뒤의 공장을 내려다보았다. 공장에 불이 타들어 오고 있다. 공장이 다 타더라도 집에까지 옮겨붙는 데는 시간이 좀 걸릴 것 같다. 거리가 좀 떨어져 있기 때문에. 그는 바깥에서 집에 불이 붙을 때까지 기다리기가 싫었다.

그는 일층 거실로 내려왔다. 부엌 쪽 가스레인지로 간다.

칠석이는 내가 죽지 않는다고 철석같이 믿고 있겠지. 나는 죽는다. 원래부터의 계획이 그러했다. 그러나 죽으면서 새로운 졸부들을 걸고넘어지려고 했다. 일시적 복수이나 나는 복수한다. 남에게 복수하고 나 자신에게도 복수한다. 나 자신에게도 복수하는 것은 나 자신이 용서할 수 없이 증오스럽기 때문이다.

엄청난 고통이 따르리라. 하지만 자신에게 고통을 주고 학대하며, 자신에게 분노하고 복수하는 짜릿한 쾌감이 치솟을 것이다. 그 나에 대한 복수의 짜릿한 쾌감은 고통을 상쇄하고도 남을 것이다.

경성은 시너를 부운 털옷을 가스레인지 위에 올려놓는

다. 고장이 나서 중간 밸브를 돌리면 마구 가스가 새게 되어 있다. 그는 그 밸브를 돌린다. 진한 냄새가 나더니 '펑' 하는 굉음이 났다. 폭발은 그의 몸을 피해 갔다. 아직 여유 시간이 있지만 집 안에 불이 붙을 조짐이 보이고 있다.

그는 위스키병을 가져와서 소파에 앉는다. 그리고 병째로 들고 들이킨다.

타는 연기와 냄새…….

내 몸이 불에 타기 전에 연기로 질식되는 것이 덜 고통스럽겠지. 그러나 나는 나를 바싹 태우고 싶다. 그는 소파에 기대고 유리문 밖을 바라본다. 여기서도 밖이 잘 보인다. 붉은 불길이 혀를 날름거린다.

저 찬란한 불의 꽃! 네로 황제가 황홀경 속에서 궁전 밖 로마시를 바라볼 때의 찬엄한 불의 꽃!

지금의 불길은 화려하고 건강미 있고 요염한 붉은 장미다. 북서풍에 밀리면서 북서풍을 먹고 크게 활개를 친다.

나를 둘러싼 불길 전체는 거대한 주홍의 화원花園이다. 크고 작은 불똥은 원, 삼각형, 사각형, 그밖의 알기 어려운 도형이다. 화원의 날름거리는 불의 혀에서 내뿜어지는 것이다. 바깥 공간 가스통 등에서 펑펑 터지는 폭발음은 네로 황제가 읊는 시구詩句이다. 그 시구 아래에서 네로 황제가 흘리는 눈물을 담는, 유리잔 모양의 '눈물 그릇'에서 모든 액체성 물질은 바싹 메말라가고 있다.

네로 황제의 불길……. 지금 타고 있는, 참으로 엄청나게 넓었던 나의 땅……. 이것들이 합성된 장관 전체는 네로와 나의 공동 소유가 되었다.

경성은 위스키 한 모금을 더 들이켰다. 그리고는 불의 날름거리는 혀들을 응시하며 외쳤다.

화려하고 요염한 불길아, 나의 심장으로 어서 빨리 날아라!

수몰

깊이 잠에 빠져 있던 사람들이 불을 보고 경황없이 강둑으로 대피했다. 내복 바람으로 나온 사람들도 있었다. 달리기를 잘하는 학생들이 A교를 건너가서 효몽동에서 119로 화재 신고를 할 수 있었다. 여러 소방서에서 소방차가 출동했으나 이미 늦어 다 타 버린 뒤였다. 그만큼 동변의 북서풍은 위력적이고 험악했다. 덜 탔더라도 도시 계획상 앞으로 있을 소방도로 구역만 지도에 있을 뿐이어서 주택지 안으로 진입할 수가 없었다.

그날 밤 사람들은 동변초등학교와 동변중학교에 수용되었다. 그러나 몸을 감쌀 것이 없어서 덜덜 떨며 새벽을 지새워야 했다.

향우의 부모는 과수원집에서 나와 대피했다. 집은 물론이고 사과가 열리기 시작하던 나무까지 타 버렸다.

"봄에 묘목을 다시 심고 몇 해 기다리면 돼. 우리는 아직 덜 늙고 건강하니까."

김하운 씨가 이렇게 부인을 달래면서 길로 빠져나왔다. 다행히 옷을 다 입고 현금을 챙겨 나와서 시내로 택시를 타고 가서 여관에 들어갈 수 있었다. 그리고 여관에서 서울에 있는 향우에게 전화를 했다. 사실대로 동변에서 일어난 일을 이야기했다.

이날 낮에 향우가 내려왔다.

*

인간의 욕망이 인생에서 어떤 역할을 하고 어떤 결과를 가져오느냐—하는 것을 동변 강물은 잘 읽게 해 주고 있었다.

향우는 시내 중심지 여관에서 부모를 만나고 저녁에 동

변으로 가 보았다.

조용히 미소 짓는 보름달에 가까운 달이 동변을 비추는 강둑으로 갔다. 언제 위력적인 북서풍이 휘몰아쳤느냐, 하는 듯 바람은 잔잔하고 부드러웠다.

강둑과 건너편 산 사이에 있는 길쭉한 면적이 다 타 버렸다. 입선1동, 입선2동, 검상1동, 검상2동, 검상3동, 반촌1동, 반촌2동, 불오동, 지전동, 진평동이 다 타 버렸다. 멀리 두산동과 부을동은 무사했다.

향우가 서 있는 강둑 아래 연립 주택 일부와 이층집 일부의 벽이 불에 검게 그을린 채 서 있었을 뿐 나머지 전체가 폭삭 내려앉아 있었다. 달빛에 드러난 전체의 색깔은 회색빛을 띤 검정색이었다. 존재하는 것의 마지막 색깔은 그러한 것이었다.

입선1동에 가까운 강둑에서 바라볼 수 있었던 경성의 이층집 잔해는 아무리 눈으로 뒤져보아도 찾을 길이 없었다. 몇 해 전 '얼음 창고' 낚시터에서 말하던 그의 목소리가 환청처럼 떠올랐다. 특히 '나는 병들어 버렸다. 내 인생 끝까지 파출소 유치장 안의 몸부림이 되어 버릴 것이다'였다. 그는 타오르는 불길을 보면서 순간적으로 탁 트인 해방감을 맛보았으리라. '능금꽃' 회원 중에서도 그를 생각하면 먼저 떠오르는 게 있다. 바로 무상無常이다. 그는 욕망의 덩어리다. 욕망은 무상의 감정을 강화시킨다. 욕망은 환상과 낭만을 통하여 번성과 영화를 추구한다. 하지만 일상적인 자연(자연 법칙)은 지속적인 번성과 영화의 추구를 좌절시킨다. 남는 것은 무상뿐이고 품었던 욕망은 무상을 강화시킬 뿐이다. 차라리 무욕은 무상을 만들지 아니한다. 무욕은 번성과 영화를 탐하지 않기 때문이다.

그는 달빛 아래 회색 같기도 한 검정색의 재를 바라보았다. 한 세대의 번성과 영화가 끝나고 또 한 세대가 종언을 준비하고 있다.

향우는 동쪽 상류 쪽으로 멀리까지 강둑을 걸어 보았다. 그러다가 서쪽 하류 쪽으로 돌아서 걸었다. 강물은 언어를 지우며 소리 없이 흐르고 있는 것 같다. 반려자 윤숙도 떠나 버렸다. 나도 둥둥 떠서 어디론가 떠나고 있을까? …… 진정 나는 어디로 떠나고 있을까? 알 수 없다. 다만 확실히 알 수 있는 건 강물이 세월의 허무함 쪽으로 방향을 틀고 있다는 점뿐이다.

그는 다시 흐르는 강물을 바라보았다. 지금도 내가 흐르고 있는 것 같기도 하다. 내가 서 있으려 해도 되지 않고 흔들린다. 나는 흐를 뿐일까?

그런데 강둑의 왼쪽 북서쪽은 옛날 위치를 아무리 헤아려 보아도 짐작할 길이 없었다. 과거의 번성과 영화를 되새김질할 기억의 축이 내려앉아 버렸다.

향우는 영어 잡지에서 본 태평양의 투발루섬의 사진과 기사가 생각났다. 지구 온난화로 해수면이 상승하여 수몰되어 가는 투발루. 바로 지금 동변이 수몰되어 버렸다. 달빛이 찰랑거리는 바다가 되어 그 아래 수몰된 검정과 회색의 동변이 불안 속에서 잠들어 있다. 그런가 하면, 땅 위에 깊은 물이 있고 그 위에는 몇 겹의 유리가 덮여져 있어 보였다. 그래서 사람의 발이 땅바닥에 닿기에는 너무나 어려워 보였다. 물속은 특히 가난한 사람이 범접할 수 없는 것만 같이 깊어 보였다.

불타 버린 땅, 객토를 하고 해도 인간에 의해서 못 쓰도록 가 버린 땅. 그러나 과거에 인간의 기반임에는 틀림없던 땅. 현재의 땅은 쉽게 금전화된다. 인간이 투기할 땅덩이는 여전히 있으나, 인간이 설 땅은 흡사 그 기반마저 물 밑에 숨어 버린 것만 같았다.

저기 저쪽 어둑스레한 북망산 말고는, 인간은 진정 어디로 가야 하나?

수몰

초판 1쇄인쇄 2022년 11월 25일
초판 1쇄발행 2022년 11월 28일

저 자 김해권
발행인 박지연
발행처 도서출판 도화
등 록 2013년 11월 19일 제2013-000124호
주 소 서울시 송파구 중대로34길 9-3
전 화 02) 3012-1030
팩 스 02) 3012-1031
전자우편 dohwa1030@daum.net
인 쇄 유진보라

ISBN | 979-11-90526-57-9 *03810
정가 13,000원

도화道化, fool는

고정적인 질서에 대한 익살맞은 비판자,
고정화된 사고의 틀을 해체한다는 뜻입니다.